鋼殻のレギオス
CHROME SHELLED REGIOS
18 クライング・オータム
「天剣が余ってるって話さ。
それなら、おれっちが頂くさ」

戦うための覚悟
気持ち
戦えるという事実
――最強の証明
「僕たちに必要なのは、
それです」

「お前ならば……
お前の魂ならば」

鋼殻のレギオス18
クライング・オータム

雨木シュウスケ

ファンタジア文庫

1809

口絵・本文イラスト　深遊

目次

時間 〝レギオス〟をめぐる事象と人物

〝レギオス〟に関わるさまざまな事象を時間軸に沿って図式化。イレギュラーが発生している部分もあるが、大局的な流れを紹介する。

すべての始まりの物語

『鋼殻』よりも遥か昔の時代。人間以上の能力を手に入れた人々（異民）とその関係者たちは、それぞれの望みを果たすため敵対者と戦っていた。その結果として「自律型移動都市」のある世界が生まれ、この時代の戦いの因縁は後世にまで引き継がれることになる。

ミッシングリンクを結ぶ存在

特殊な事情によって生まれた存在「ディクセリオ」が体験する数奇な出来事の記録。時間を越え、さまざまな場所で活躍する彼だからこそ知り得る事実も多いため、前後の物語を参照すると新たな発見があるはずだ。特に最期のシーンは、後世にとって重要な意味を暗示している。

交錯する運命の終着点

汚染物質や汚染獣の脅威と戦いながら必死に生きる人類。だが、その歴史に隠された「世界の真実」を知る者はごく一部だった。人間として当たり前に笑い、泣き、人生を謳歌するはずだった人々の前に過酷な運命が立ちはだかり、そして……。

シリーズの関係性

詳細なエピソード
間接的な関連

複数のシリーズで描かれている事件やキーワードをピックアップ。また、それに関係する人物も併記する。

活動し続けるナノセルロイドたち

ソーホ(イグナシス)
レヴァンティン
カリバーン
ドゥリンダナ
ハルペー

当初は人類の守護者だったナノセルロイド。だが、創造主のソーホがイグナシスとなった後は、ハルペー以外は人類の敵となる。

強欲都市ヴェルゼンハイム崩壊

アイレイン、サヤ
ディクセリオ、狼面衆

都市崩壊のその日、何が起きたのか。『レジェンド』ではアイレイン視点、『聖戦』ではディクセリオ視点という異なる切り口で事件が語られる。

「レギオス世界」誕生の経緯

アイレイン
サヤ
エルミ
イグナシス
ディクセリオ

人類をイグナシスから守るため、エルミとサヤは新しい亜空間に「世界」を作った。アイレインはそれを見守り存続させるために月に上る。

白炎都市メルニスクの過去と現在

ディクセリオ
ニルフィリア
リンテンス
ジャニス
デルボネ
ニーナ

ディクセリオはメルニスク崩壊時に居合わせた人物の1人。この事件で都市は廃墟となり、廃貴族と化した電子精霊は後にニーナと同化することになる。

イグナシスの出現と暗躍、そして……

ソーホ(イグナシス)
ニルフィリア
ディクセリオ

魂だけの存在だったイグナシスは、ソーホの肉体を乗っ取ることで現実世界に降臨。人類の消滅を画策するものの、ゼロ領域に閉じ込められ……!?

過去のツェルニ・第17小隊誕生

ディクセリオ
ニルフィリア
ニーナ
シャンテ
アルシェイラ
リンテンス
レイフォン

ディクセリオは学園都市ツェルニで学生として暮らし、仲間とともに新小隊を設立。幼いニーナたちと遭遇したり、彼と縁の深い人物を幻視するなど、時間を越えた体験を積み重ねていく。

空間

隔てられた2つの世界

〝レギオス〟に関わる物語は、異なる2つの空間を主な舞台としている。今一度その関係を整理し、ストーリーへの理解を深めよう。

レジェンド・オブ・レギオスの世界

滅びかけた地球と隣接する亜空間が舞台

人口増加に伴う諸問題を解決するため、人類は亜空間で生活する道を選んだ。だが、それは絶縁空間と異民化問題を生み、別な意味で存亡の危機を迎える結果に。やがて、イグナシスの計画によって人々の住む亜空間が破壊され、全人類は肉体を失うことになる。

↑ 数ある亜空間のうちの1つ

↓ 人間にとっては不可知の領域

聖戦／鋼殻のレギオスの世界

人類再生のために作られた特別な亜空間

エルミとサヤは、新しい亜空間の中に人類の居住地と肉体を作った。その器に旧人類の魂を入れることで人類再生を図ったのだ。これが「レギオス世界」であり、グレンダン王家など一部の人々はこの事実と血筋を伝え続けることで「やがて来る災厄」に備えている。

プロローグ／旅の途中《とちゆう》と旅の始まり

その時を待っている間に夏期帯が過ぎてしまった。

「でも、これでいいんですか？」

「また振《ふ》り返《かえ》っているんですか？」

ヘルメットに取り付けられた念威端子《ねんいたんし》から声が響《ひび》く。もちろんその声はフェリのものであり、そして彼女の姿は側車にある。

レイフォンの姿はツェルニの地下施設《しせつ》にあり、そしてランドローラーに乗っていた。側車にいるフェリともども、都市外装備に身を固め、いつでも外に出られる状態だ。

「いえ、そういうわけではなくて……」

棘《とげ》が含《ふく》まれたフェリの言葉を受け流し、レイフォンは振り返る。ゲートを開ける操作室にはハーレイがいる。他《ほか》の人たちには内緒《ないしょ》で、というレイフォンの頼《たの》みを、ハーレイはどういうつもりで引き受けてくれたのか、好意の意味を知りたかったが聞けなかった。深く聞こうとすれば自分たちのことも話さなくてはいけない。結局は、好意に甘えてしまうしかない。

そのことに少し罪悪感を覚えてしまっていた。

「内緒で出ちゃって」

ここから出るための協力者が必要なのでハーレイには言ったが、他の者たちにはなにも話していない。

「隊長にわざわざ言うのですか？　付いてくると言われかねませんし、なにより……」

「なにより？」

「あの人だけが秘密を持つというのは気に入りません」

その言葉に拗《す》ねた雰囲気《ふんいき》が混ざっていることに気付いてしまった。

「……どうかしましたか？」

「あ、いえ」

誰《だれ》にでも納得できるすごい理由が出てくるのかと思ったので、咄嗟《とっさ》に返事ができなかった、とは言えない。

「呆《あき》れてますね？」

「そんなことは、ないです。はい」

「……崇高《すうこう》な理由なんてそこら中に転がってるわけがないじゃないですか」

こちらの考えもすっかり読まれてしまっていた。

「そうなんですけどね」

「あのさ。そろそろゲート開けてもいいかな？　見回りが来る時間になると思うから」

「あ、はいどうぞ」

操作室から届いたハーレイの声も呆れている様子だった。

「ハーレイ先輩《せんぱい》、すみません」

「いいよいいよ、いつもの錬金《れんきん》科の実験で誤魔化《ごまか》せると思うから」

ゲートを開けたことは記録に残る。その責任をハーレイに押しつけて逃《に》げ出すようで、レイフォンは申し訳なかった。

「それに……きっとニーナのことが関係してるんでしょ？」

「先輩……」

「隠《かく》し事《ごと》が下手《へた》でごめんね」

「……そんなことを恋人《こいびと》でもない人に言われるのってどうなんですか？」

「せ、先輩……」

フェリの容赦《ようしゃ》ない言葉にレイフォンが慌《あわ》てる。しかし、念威端子から聞こえるハーレイの声は笑っていた。

「ほんとにね。でも、ああいう性格だから恋人なんていないし、幼なじみだからね、見捨てられないよ」

「幼なじみ……ですか」

その言葉にいまだ痛みを感じて、レイフォンは自分を情けなく思う。もっと強くならなくては、そう思いながらも、幼なじみという言葉でリーリンが浮《う》かんでしまう自分から抜《ぬ》け出せないでいる。

「レイフォン、助言になるかわからないけどさ」

「はい」

「忘れなくていいと思うよ」

「……え？」

「心が痛いと思うならさ。その心が痛いこととちゃんと向き合わないといけないと思う」

「…………」

「痛いものは痛いんだって思わなくちゃ。そこからどうして痛いのかって疑問を解決していかないと」

「それは勉強の基本では？」

疑問を投げかけたフェリの声は冷たい。

「でも、知らないことを知ろうとする気持ちと、行動の基準は同じじゃないかな？」

「……むぅ」

フェリの問いにも平然と返し、逆に彼女を黙《だま》らせてしまう。

それは、先ほど言ったことが、それだけハーレイの中であたりまえの考えとなっている。そういうことなのだろう。

「まぁ、そういう話はまた今度。なにしに行くのかは聞かないけど、うまくいくことを願ってるよ」

「はい。ありがとうございます！」

ゲートの開閉ボタンが押される。

重苦しい音とともにゲートが開き、都市外の風が装備の上からレイフォンたちを撫《な》でる。ランドローラーの駆動《くどう》音が体を揺《ゆ》らす。やや滑《すべ》り気味に地下施設の床《ゆか》を駆《か》け、レイフォンとフェリを乗せたランドローラーは都市外の荒野《こうや》へと飛び出した。

目的地の名は、白炎《はくえん》都市メルニスク。昨年、ゴルネオたち第五小隊とともに調査した廃《はい》都市であり、ニーナに取《と》り憑《つ》いた廃貴族が電子精霊《せいれい》をしていた都市でもある。

そして、セルニウム鉱山のすぐ近くでこの都市が発見されなければ、今日までの色々なことは起きなかったのではないか、そんなことを考えてしまう場所でもある。

「あそこが、デルボネさんの故郷だなんて」

まさかという思いが消えなくて、今日に至るまでになんども呟《つぶや》いたのだけれど、いざ出発となるとやはり自然に零《こぼ》れ出てしまう。

「データではそうなっています」

「疑ってるわけではないです。ただ、驚《おどろ》きが消えなくて」

その事実を発見したのはフェリだ。彼女がデルボネから遺産として受け取った念威繰者《ねんいそうしゃ》としての経験をデータ化したものを解析《かいせき》することに成功し、そしてその中に断片として混ざっていたデルボネの記憶《きおく》から、この情報を見つけ出したのだ。

「もともと、戦闘《せんとう》経験に付随《ふずい》する形で、つまり切《き》り離《はな》せないままになっていた記憶ですので。彼女のそこでの詳《くわ》しい情報を手に入れたわけではありません。しかしその場所で、彼女は念威繰者としての基礎《きそ》を手に入れ、そして尋常《じんじょう》ならざる者たちとの戦いを経験しています」

「尋常ならざる者たち……」

「そこのところも断片ですのではっきりとはしません。ですがメルニスクに行けばはっきりすると思います」

白炎都市メルニスクはツェルニの保有する鉱山の近くにある。

フェリが遺産の解析に成功してから、レイフォンたちはツェルニがその鉱山に近づく時期をずっと待っていた。フェリの念威はデルボネの経験を手に入れたこともあって、その探査範囲《はんい》を大幅《おおはば》に拡大させることに成功していた。これは、念威の量が増加したわけではなく、念威の効率的な運用方法によってむだな拡散がなくなったため、というのがフェリの説明だ。

探査範囲が広がったことで、都市外の状況《じょうきょう》も知りやすくなった。件《くだん》の鉱山に近づけばすぐにわかる。

そしていま、ようやくにして件の鉱山に近づき、レイフォンたちは出発した。

「……これで、敵が見えてくればいいんだけど」

時間は流れている。

その時間の中で、いつまたニーナがいなくなるか、レイフォンはそのことばかりを考えていたような気がする。気ばかりが焦《あせ》り、なにも為《な》せないのではないかという無力感に悩《なや》まされもした。

もう二度と同じ失敗はしない。

リーリンに突《つ》き放《はな》されたままではいられない。

「なにがいたって、もう止まるわけにはいかない」

アクセルを回し、レイフォンは荒野を進む。

†

レイフォンたちの旅立ちより、一季節戻《もど》る。

車内の空気が変わっていることにカリアンは気付いた。

「ふむ……？」

空気に粘《ねば》り気《け》のような感触《かんしょく》が生まれた。こもった熱気がすぐそばでうずくまっているかのようなしつこさがある。

そう感じた瞬間《しゅんかん》、空調の吐《は》き出す風が変化したのだ。やや乾《かわ》いた涼気《りょうき》が天井《てんじょう》から車内に流し込まれ、熱気が押しのかれていく。

放浪《ほうろう》バスの中でのことだ。

「これが、以前に君が言っていた季節の変わり目かい？」

カリアンがいま感じた気温の変化が、春と夏の境界線を越《こ》えた証拠《しょうこ》なのだという。

「そうさ〜」

前の座席に座っていたハイアが肯定する。

「都市から都市へ移動してると、こういった外気温の変化で車内の温度が一気に変わることがある。こういうのを季節の変わり目って呼んでるのさ〜」

「囲い越《ご》しの変化でしか世界を感じられない、か。いまさらな言葉だが自然環境《かんきょう》と隔絶《かくぜつ》されて生きていると思い知らされるな」

「ほんとに、いまさらさ〜」

カリアンなどよりもはるかに旅慣れたハイアの言葉になんども頷《うなず》く。

「……この世界は行き場を失ってしまった人類の仮初《かりそ》めの受け皿として作られたという」

この放浪バスには運転手を除けば、カリアンとハイア、そしてミュンファとシュターニアがいる。二人はいま、昼食を作るために厨房《ちゅうぼう》に移動している。

「レヴァンティンってやつから聞いたんだったか？　本当の話か疑わしいけどさ〜」

「話が大きすぎるのは確かだね。私だっていまだ確信に至っているとは言い切れない。全《すべ》てが私の妄言《もうげん》であればいいと思うときもある」

「はん。口で言うほど自分を疑っちゃいないんだろうさ？」

「そうでありたいな」

ハイアの笑みを流し、言葉から生まれた記憶に思いを馳《は》せる。

あの日、レヴァンティンと初めて会ったときにツェルニから託《たく》されたこの世界の歴史は、カリアンにとって驚きでしかなかった。そして、驚きから抜けだし、自らの戦いの道を模《も》索《さく》するためにこうして旅を続けている。

「しかし、私たちの前に新天地が現われることはない。……いや、新天地とは用意されるものではないということか。人類そのものが新天地を探し出せるまでにならなければ、結局は滅《ほろ》んでしまう」

だからこそ、この世界以前の人類は窮地《きゅうち》に立たされたのだろう。この仮初めの世界が生まれるためだけに、どれだけの苦難があったのか。

「……暗いことを考えているなぁ」

カリアンの呟きに、ハイアはうんざりした様子だ。

「いい考えでもあるのかい？」

「ないさ〜、そんなもの」

はっきりとそう言う。

「だがさ。おれっちにできることはこれだけ。それははっきりしてるさ」

剣帯《けんたい》を叩《たた》き、カチャリとした音を車内に響《ひび》かせる。

「なら、おれっちはおれっちにできることをやる。人間ってやつは万能な存在じゃないんだからさ、一人でできることは限られてるさ。できるやつができることをする。そういう連中をうまくまとめられるやつがまとめる。なにもかもがうまくまとまることができたら、案外さらっと問題は解決しちまうかもしれないさ〜」

「いまの問題も、かな？」

「もちろん、いまの問題も。まっ、戦うやつは死ぬ思いをするだろうけどさ〜」

そう言ってカラカラと笑う。

彼の見せる明るさにカリアンは目を細める。それは決して虚勢《きょせい》ではなく、そして他人事《ひとごと》と思っているわけでもない。

なぜならば……

「ならば、君のそのできることがどれだけのものか」

「ああ、わかってるさ」

二人で窓の外を見る。

ずっと続いていた無味《むみ》乾燥《かんそう》とした荒野の光景に、変化が現われている。おそらく、ハイアはもっと前に気付いていたことだろう。いま、ようやくカリアンの目にも見える位置にそれがやってきた。

荒野の先に点としてあるそれは、他のものとは違《ちが》い、移動している。

この荒《すさ》んだ世界を放浪する人類の受け皿、自律型移動都市《レギオス》だ。

そしてその都市の名は……

「天剣が余ってるって話さ。それなら、おれっちが頂くさ」

槍殻《そうかく》都市グレンダン。

複雑な想《おも》いを秘めたハイアの目を見、カリアンも自らの想いを込めてその都市を見る。

外から見るのは三度目の、その都市を見る。

一度目はレイフォンを知り、二度目は世界の深奥を知った。この都市に接触《せっしょく》するたびに、カリアンの人生は軌道《きどう》を修正されたような気がする。

「外へと出た私を導いてきたのはこの都市だった。今度は私に導かせるか。あるいはまたも押し流すか」

それをこれから見定める。

01　駆《か》け上る者／模《も》索《さく》する者／諦《てい》念《ねん》する者

最近の空気は静けさ一色だった。

孤《こ》児《じ》院《いん》の責任者という立場から退き、そして道場も閉めた。ときおり様子を見にやってくる院の卒業生や世話好きな近所の人たちを除けば、ここにわざわざやってくる者はいない。

だからこそ、なのか。あるいはいまなお未練が存在するのか、デルクはその、ほんのわずかな空気の変化を見逃《みのが》すことができなかった。

車輪の軋《きし》む微《かす》かな音を連れて、デルクはそこに向かう。

普《ふ》段《だん》暮らしている場所から外廊《ろうか》下を通ってそこへと辿《たど》り着《つ》く。一見すれば広く作られた木材の平屋だが、その実、武芸者たちが多少暴れ回っても壊《こわ》れないよう強化材が使用されている。

武芸者たちが技を鍛《きた》える場、道場。

デルクはそこへと入った。

やはり、先客がいた。

久方ぶりに開けられた窓から入り込む陽光に、道場の床《ゆか》や壁《かべ》が光っている。掃除《そうじ》もままならないまま放置していたのだから、これはありえない。ならば先客が、デルクが気付くまでの間に掃除をしたのだろう。

思わぬ眩《まぶ》しさに目を細めていたデルクは先客を見た。

道場の中央で模擬刀《もぎとう》を構えている。動く様子を見せることなく、ただ構えている。

しかしその構えはとても素直で、好感の持てるものだった。余計な力がいっさい加わっていない理想的な構えだった。

しばらく見つめていたのだが、やはり、構えたまま動かない。

先客は目を閉じ、じっと構えている。

まるで誰《だれ》かと対話しているかのような、そう感じさせるなにかがあった。デルクはそう感じた自分を否定しなかった。

その通りなのだろう。

先客は、ここでしか感じられない何者かと対話しに来たのだ。

「すまない、さ〜。勝手に上がり込んで」

待っていると、先客、男は構えを解き、デルクに詫《わ》びた。

「なに、かまわんよ」

構えを見ていたデルクは改めて男を見た。左目の周りに刺青《いれずみ》があり、そのためかやや引きつったような印象のある顔だが、しかしその目に潜《ひそ》んでいる穏《おだ》やかさをデルクは見逃さなかった。

「この様《ざま》でな。使う者がいまはおらん」

車輪を叩く。

デルクは車椅子《くるまいす》に乗っていた。勁脈《けいみゃく》の破損によって下半身の神経に問題が生じてしまったのだ。

「なんならお前にやるぞ」

デルクの不意の申し出に、男は驚《おどろ》いた様子だった。

「はっ、冗談《じょうだん》」

「冗談なものか。お前にはその資格がある」

見誤りはしない。

名前も知らない男だが、目の前にいるのは兄弟子《あに》リュホウ・ガジュの弟子だ。

「構えから兄弟子の姿が見えた。最後に見たその時よりもより強い兄弟子の姿だ。そしてそれを受《う》け継《つ》いだ子が戻ってきた。ならば受け取る資格がある」

「……あんたにだって、そういうのはいるさ」

「ふむ。いるにはいた。だが、遠くに行ってしまった。帰ってくることはあるまい」

男を前にしてデルクはあの日のことを思い出した。苛烈《かれつ》と涙《なみだ》と混乱に満ちた剣戟《けんげき》の中、デルクを踏《ふ》み越《こ》えていったレイフォンの姿が浮《う》かんでくる。

「そいつは強いんだろう。おれっちなんかよりもさ」

「強いな。だが、あれは迷うのが本性だ」

「迷う?」

「そうだ」

デルクを踏み越えながら、しかしそれでレイフォンがなにかから吹《ふ》っ切《き》れたり解き放たれたりはしていない。次に待ち構えていた事実を前に、さらなる混迷が押し寄せたのに違いない。

「迷って迷って……なにかを手に入れるために人の何倍も迷い苦労しなければならないのが、おそらくはあいつの本性だ」

「あんなに強いのにか?」

「強いからだな」

レイフォンを知っている口調だったが、それには触れず話を先に進める。

「物心ついたときから強かったからこそ、その強さで色々なものを、普通《ふつう》の人が当たり前に通過するだろう成長を誤魔化《ごまか》してきた。ゆえに、いまあいつは迷わなければならない」

迷って迷って、必死になってなにかを摑《つか》まなければならない。失敗して涙を流さなければならない。

「強さでなにもかもを誤魔化してきたことで、あいつは人としてのなにかを取《と》り逃《のが》している。それを取り戻すまではなにも手に入れることはできないだろう」

迷いが去るまで長いか短いか、そこまではデルクにも測れないことだ。

しかし、一つだけはっきりしていることは……

「この道場はあいつのためだけにあるわけではない。これから先も生まれるかもしれないサイハーデンの弟子《こ》らのためにあるものだ」

「…………」

「だから、お前が継げるのならば、やろう」

先客は答えなかった。

だが、名前は告げて去っていった。

一人になった道場で、デルクはその名を呟《つぶや》く。

「ハイア・ライア、か」

過去への郷愁《きようしゆう》は胸に詰《つ》まり、それが解け去るまでの間、老人は道場にたたずみ続けた。

†

外来者受け入れ区画の宿にハイアが戻ったとき、カリアンは一人だった。

「なにさ〜でかけてないのか？」

「とくに観光をしたい気分でもないのでね。それに、武芸者関連の情報は武芸者に集めてもらうに限る」

「そういや、二人がいないな」

ハイアが部屋を見渡《みわた》す。カリアンが優雅《ゆうが》にお茶を飲みつつ読書をしているのがリビングだ。奥へ行けばベッドのある個室のドアが連なっている。

商隊など、集団の旅行者が利用する大部屋をカリアンたちは借りていた。

そんな部屋にカリアンしかいない。

「シュターニアとミュンファさんには武芸者の大会日程を調べてもらっている」

「それは知っているさ〜」

グレンダンに来たのには目的がある。

ハイア・ライアを天剣授受者にするためだ。

「しかしさ〜、いいのか？」

「なにがかね？」

「あんたの目的とは、ちょっとずれてると思うのだけどさ？」

カリアンの目的は自身が体験した事実を世間に知らしめ、その裏に隠《かく》された世界の危機を、自律型移動都市という箱庭によって分断された人類に知らせていくことのはずだ。

そして、カリアンの体験はこのグレンダンでしたものだ。つまり、ここに来たところでカリアンにできることはなにもない。

ハイアを天剣授受者にするためにグレンダンを訪れたというのは、むだな手間なのではないだろうか。

「むだではないさ」

気兼《きが》ねをしているとでも思われたのか、カリアンが口元を緩《ゆる》めた。

「私一人でこの世界の全《すべ》ての都市を回ろうとすれば、どれだけの時間が必要になると思う」

「とんでもない時間だろうさ〜」

「その通り、つまりは無理があるということさ」

「はん？」

「ならば、情報の伝播《でんぱ》に頼《たよ》るしかない。都市から都市へ。これを危機と感じてくれたならば、それを知らせるために動いてくれる人たちが他《ほか》にもいるはずだ」

「……危険だからこそ、聞かなかった振《ふ》りをする連中もいるかもしれないさ」

「あるいは、自分たちは関係ない。大丈夫《だいじょうぶ》と思うか、悪用を考えるか。そういう連中が現われることもまた想定はしているよ」

ハイアの言葉にカリアンは頷《うなず》き、本を置く。

「世界の危機なんていう大それたことを広めようというんだ。一歩間違《まちが》えればたくさんの都市で社会不安が生じて、暴動などが起きてしまう可能性もある。いや、起きてしまうだろう。そういう意味では、いまの私は多くの都市で社会不安を増長させて回る危険人物ということにもなりかねない」

「ははっ、そのときはおれっちも危険人物の取り巻きってことになっちまうさ」

「その通りだ」

「………」

冗談めかした言葉に真顔で頷かれ、ハイアは黙《だま》ってしまった。

「まぁ、だからその前にグレンダンを悪人一味に巻き込んでしまおうとか、もらえるものはもらってしまおうとか考えているわけではないよ。天剣を都市外に持ち出すことが許されるとは思えないしね」

「じゃあ、なぜさ？」

「言ったろう。私のやることのほとんどは情報の伝播という不確定性に頼るしかない。ならばそれ以外でもやれることはやっておきたい」

「それが、おれっちを天剣授受者にすることか？」

「天剣授受者になれる可能性のある者をグレンダンに運ぶこと、さ。なれるかどうかは君次第だ」

「……へっ、おもしろいさ」

カリアンの言葉に、ハイアが笑う。

「天剣はもらう。それはもう決めていたことさ。それを、あんたが協力してくれるってんなら、してもらうさ」

「そういうことだよ。ところで、どこに行っていたのかね？」

「墓参りさ」

「ふむ」

それ以上の質問は必要ないと判断したのか、カリアンは読書の続きに戻った。

シュターニアとミュンファが戻ってきたのはそれからすぐだった。

カリアンは彼女たちの報告を聞く。

「……つまり、試合をいくつかこなさなくてはならない、ということですか」

「はい。天剣授受者となるための資格や条件は見出《みいだ》せなかったのですが、過去の天剣授受者となった方々のことを調べてみる限り、いくつかの試合をこなして強さを示した後、女王が天剣授受者の決定戦を開催《かいさい》します」

シュターニアがきびきびと答えていく。

「……出身とかはどうなのかさ？」

自律型移動都市は汚染獣《おせんじゅう》に対する安全性の代償《だいしょう》とでもいうのか、閉鎖《へいさ》された社会構造が都市外の人間を阻害《そがい》する傾向《けいこう》がある。

天剣授受者という、その都市でも地位のある者に都市外の人間がなれるのか？　ハイアの心配は妥当《だとう》なものだ。

「あ、それは問題ないみたい、よ」

ハイアの質問にミュンファが嬉《うれ》しそうに答えた。

「リンテンス、リヴァース、カウンティアという例がある。いまの女王は都市外の武芸者でも実力があれば積極的に登用しているようだ」

「そいつはたいした人物さ〜」

強がりつつもほっとした様子を見せるハイアに、カリアンは苦笑を浮かべた。

「なにはともあれ、君が天剣を得る可能性はあるということだ」

「ああ、それはわかった。で、後は試合をこなすだけさ？」

「その通り、だが、それだけではいつその試合が行われるかわからない」

「……？　なにを言ってるさ？」

カリアンの言葉に、ハイアは怪訝《けげん》に眉《まゆ》を寄せた。

「天剣授受者を決める試合を行うかどうかは女王が決める。つまり、どれだけの好成績を積み重ねても、女王が行うと決めなければ試合が行われることはない」

「まぁ……そういうもんみたいさ～」

「単なる気まぐれでそうしているとは思えない。そこには天剣という特殊《とくしゅ》な錬金鋼《ダイト》を使うに相応《ふさわ》しい武芸者であるかどうか、それを女王自身が審査《しんさ》してから試合を行っているのではないか、とは思う」

「それが妥当な考えさ～」

「だが、私が独自に集めた女王アルシェイラ・アルモニスの性格を考えると、それだけとも言い切れない部分がある」

「どういうことさ？」

「まず、第一に、というよりもこれが最大の理由なのだが、彼女は享楽的《きょうらくてき》な部分があり、思いつきで物事を決める傾向がある。さすがに天剣授受者を面白いかどうかだけで決めているとは思えないが、しかしその試合の開催を決めるのが早いかどうかには、その部分が重きをなす可能性は高い、そう踏《ふ》んでいる」

「そこであんたの出番ってわけか、さ～」

「その通り」

ニヤリと笑うハイアに、カリアンも同じ笑みを浮《う》かべた。

カリアンの作戦はこうだ。

まずは普通《ふつう》に試合をこなしていき、ハイア・ライアの存在をグレンダン市民に知らしめる。

「できるだけ派手に勝ちたまえ」

「その方が目立つってかさ？」

「その通り。好評であれ悪評であれ、まずは女王に知られることが大事だ。だが、武芸者としての倫理《りんり》を破る行動だけはしないようにしたまえよ」

「悪目立ちはいいのか？」

「これは勘《かん》だが、癖《くせ》のある人間が好きなのではないかと思っている」

「はん？」

「実際にそのようです」

疑わしげな顔をしたハイアに、シュターニアが口を挟《はさ》んだ。

「天剣授受者たちの評判を集めてみましたが、武芸者たちの手本になるような品行方正な人物はほんの一握《ひとにぎ》り、後はどこかしら性格に問題のある人物ばかりです」

「際《きわ》だった実力を持つ人物というのはもともと性格にも偏《かたよ》りができてしまうのか、それとは関係ないのか、判断しきれない部分ではあるが、ね」

「それだけではありません。女王自身もかなり変な性格のようです。収集した具体例を一つ、式典で堂々と影武者《かげむしゃ》を使う。天剣授受者の一人が影武者をしていることは都市民にとってはすでに暗黙《あんもく》の了解《りょうかい》のようです」

「そんな影武者に意味はあるのかさ？」

「ありませんね。ですが、女王は都市民にばれていることを承知で影武者を続けさせています」

「わけがわからない」

「その、わけがわからないことを楽しむのが女王ということだろうね」

「それで、目立って、女王に気に入られようって？」

「気に入らないかい？」

「そりゃ、さ～。できれば正攻法《せいこうほう》で認めさせたいさ」

「試合そのものに不正をしようってわけじゃない。最終的には君に天剣を持つ実力がなければ話にならない。私にできることは、少しでも早く女王の目に君を留《と》めさせることだけだよ」

「…………」

「実際にやるのは君だからね、私に強制する権利はない。ただ、君が少しでも早く天剣授受者となるために……」

「ああ、わかった。わかったさ～っ！」

手をあげて降参を示したハイアに、カリアンは頷いた。

「ふむ。ならば作戦の続きだ」

「まだあるのかよ」

「もちろん。目立てというだけで作戦とは言わないよ」

ややうんざりした顔のハイアにカリアンはシュターニアを見る。

「彼女に天剣授受者候補と目されている人物を探してきてもらった」

「なんだって？」

「では」

視線を受けて、シュターニアが再び口を開く。

「まず、第一候補として目されていた人物がいたのですが、その方は先日、不幸な事故によって引退なされたそうです」

「引退？」

「はい。テリオスという方なのですが、事故で負傷なされてそのまま……ということらしいです」

「ふぅん？」

ハイアがなにかを含《ふく》んだ顔をした。

その意味がわかるのか、シュターニアも頷《うなず》く。

「どうやら王家の方のようですので、きな臭《くさ》い理由が隠《かく》れている可能性もありますが、とにかく第一候補と目されている方は天剣争奪戦《そうだつせん》からは離脱《りだつ》されています」

「頭一つ飛《と》び抜《ぬ》けていた人物が脱落《だつらく》して、いまは予想の難しい状況《じようきよう》、というわけですか？」

「そうですね。第二候補とされている人物はこの方々なのですが……」

「ふむ」

カリアンが渡《わた》された資料を見る。

「これなら……いけそうですね」

顔写真付きの資料を一通り眺《なが》め、そう呟《つぶや》いた。

「なにを考えているさ」

ハイアが薄気味悪《うすきみわる》そうにこちらを見ている。

そう言いつつ、カリアンは書類の中から一枚の写真を剝《は》ぎ取り、皆《みんな》に見せた。

「この方ですが……」

「どう思います？」

「性格悪そうな奴《やつ》だ」

「え？　あ、あの……ど、どうなんでしょう」

「見目だけはよさそうですね」

「おや、ハイア君はともかく、女性陣《じん》にも不評なのは予想外ですね」

カリアンは改めて自分で写真を確認する。整った顔立ちに清潔感のある髪型《かみがた》で、女性には好印象を与《あた》えるだろうと思ったのだが。

「こういう男に騙《だま》される女の気がしれませんね」

「おや？　あんたは、『そういう女』のお仲間だと思ってたさ〜」

「なんですって？」

「なんでもないさ〜」

「つまり、無視はされないだけの魅力《みりょく》があるということだね」

シュターニアとハイアのやりとりを聞き、写真の人物への感想を修正する必要はないと確信した。

「で、こいつがどうしたのさ？」

シュターニアの睨《にら》みから逃《に》げるように、ハイアが写真を指で弾《はじ》いた。

「彼の名前は……インベイト・トゥースラン、か。ふむ、らしい名前だね」

「おい？」

「わかっているよ。説明する。ハイア、君には彼、インベイトのライバルとなってもらう」

「はぁ？」

「一芝居《ひとしばい》打ってもらう、ということさ」

そう言ってみても、ハイアをはじめ、ミュンファやシュターニアも理解できている顔ではない。

「わっかんないさ。そこにいる候補者全員を試合で負かせばいい話じゃないのかさ？」

「最終的にはそうなる。あるいは、いまいる候補者を一度に倒《たお》してしまうというのが正攻法で最適解かもしれない。それを否定できる根拠《こんきょ》は、さすがにない」

「だったら……」

「しかしそれでは、おもしろくないかもしれない」

「あん？」

「考えてもみたまえ、そういう派手さを、強さの主張を喜ぶのは誰《だれ》か、一般《いっぱん》の都市民だ。天剣授受者や、彼らよりも強いという女王にとっては特に珍《めずら》しくもない現象だ」

「むぅ」

「つまり、圧倒的《あっとうてき》強さを見せつけるというのは、市民には喜ばれるが女王は喜ばないかもしれない」

「……で、あんたのそのやり方なら、女王は喜ぶのかい？」

「それだけではなく、一般市民も喜ぶ。そう踏んでいるけれどね」

「まさしく芝居を打つのかさ」

ハイアは嫌《いや》そうだ。

「戦いに詐術《さじゅつ》を持ち込むのは、嫌《きら》いかな？」

「こういう詐術は、さ〜」

そういう考え方はわからなくもない。物事を確実に成功させるため、不安要素を全て潰《つぶ》していき、結果として搦《から》め手《て》になってしまうのがカリアンの癖のようなものだが、できれば正攻法で堂々とやりたい。

そういう気持ちは、とても理解できる。

だが……

「私としてはなるべく早く、君に天剣授受者になってもらいたい」

「もうそれは聞いたさ」

「ふむ。ならば私には、もう説得の言葉はないな」

カリアンのその言葉は、彼を除く全員にとって意外な言葉であったようだ。

「君が決めたまえ。私としては君が天剣授受者にさえなれば、ここに来た目的は果たされるのだから」

「武装の充実《じゅうじつ》、か」

「そう。この世界にある抗戦《こうせん》の運命を貫《つらぬ》く武力を満たすための助力をし、そしてそれ以外の力も奮起させる。それが私の役目だ。自らに課した、ね」

「いまさら、あんたの覚悟《かくご》なんか聞きたくもないさ」

ふてくされた様子のハイアに、カリアンはもう口は出さないと手で示し、部屋を出た。

夕食の時間が近い。カリアンはそのまま食堂を目指した。

「よろしいのですか？」

追いかけてきたシュターニアが尋《たず》ねる。

「なにがだい？」

「若は雇《やと》い主《ぬし》です。『この作戦でいく』と主張すれば、彼は断れない」

「天剣を得ることは傭兵《ようへい》の契約《けいやく》だけで行うわけではないよ。彼にとっても宿願の一つのはずだ。簡単な話ではない」

「しかし……」

「最初は乗り気だったように見えたのだけどね。戦いの中の詐術はともかく、戦いの外での詐術は気に入らないようだ」

「戦いの中の詐術というのは、駆《か》け引《ひ》きの一つですから」

「ふむ」

しかし彼は以前、レイフォンと一騎《いっき》打《う》ちをするためにフェリを誘拐《ゆうかい》したことがある。

だから、そういう手段が取れないわけではないはずだと考えたのだが。

「……あれは苦渋《くじゅう》の選択《せんたく》だったということかな」

あのときは武芸大会の最中であり、忙《いそが》しさの間隙《かんげき》を縫《ぬ》うかのように仕掛《しか》けられたため、カリアンも正確に事態を把握《はあく》していたとは言えない。

もちろん、そのときの彼の心境など知るよしもない。

レイフォンに対する彼の複雑な心境と、その後の傭兵団の活動具合を見ても、あのときに内部でなにかがあったのは確かだ。それもあの行動に関係しているのかもしれない。

「意外に潔癖《けっぺき》な人間だったか」

「どうなさるのです」

「まぁ、正攻法《せいこうほう》で試合をこなしていって天剣授受者になれないということはないだろうし、こうなったら腰《こし》をすえて見守るだけだね」

†

廊下《ろうか》ではそう言われているとも知らず、ハイアはじっと考えていた。

「ハイアちゃん……？」

「ああ……大丈夫《だいじょうぶ》さ」

不安げな声に顔を上げる。いつも通りの泣きそうな顔がハイアを見ていた。

ミュンファの心配もあながち間違《まち》いではない。

「いつもなら、カリアンの旦那《だんな》の作戦でかまわないんだけどさ～」

苦笑する。人質を取るとかそういうことではない。ただ、自分を絶好の位置に立たせるために一芝居打つだけのこと。それだけだ。普段《ふだん》ならばそれぐらいは平気でやれる。そのはずだ。

カリアンの話も、途中《とちゅう》まではそういう気分で聞けていた。

「そんなに気に入らなかった？」

「う～ん、自分でもよくわからんのさ」

気に入らないとはっきり心に浮《う》かんだわけではない。

ただ、微妙《びみょう》な躊躇《ちゅうちょ》が胸の内に現われたのは確かだ。

「なんだろな～天剣《てんけん》は欲しかったんだけどさ～」

しかしそれは、養父であるリュホウに報いる方法がそれしかないと思ったということであり、また、リュホウの兄弟弟子であるデルク《レイフォン》の弟子が天剣授受者になったからその対抗《たいこう》心ということでもある。

自分は強いということを示したかった。

誰に？

「……あいつら、ここにいるのか？」

「…………傭兵団《ようへいだん》は解散しちゃってるみたい」

「やっぱそうなったかさ〜」

予想はしていた。ツェルニでの任務から傭兵団はガタガタになっていた。ハイアの責任もあるだろうが、それよりも幹部連中に傭兵団の結成理由が達成されるかもしれないという期待感が、里心が芽生《めば》えさせてしまったのも原因の一つだろう。

「フェルマウスは？」

「いないみたい」

「いない……？」

フェルマウスは傭兵団の念威繰者《ねんいそうしゃ》であり、そしてリュホウと同じときに傭兵団に入った古参の一人であり、グレンダンを故郷に持つ人間だ。ハイアが抜《ぬ》けた後はフェルマウスが傭兵団を仕切っていたはずで、解散を見届けているはずだ。

「グレンダンが故郷のはずだけどな。残らなかったのかさ〜？」

「う〜ん？」

まじめに首を傾《かし》げるミュンファに、ハイアは「まぁいいさ」と呟《つぶや》く。

「一人旅とかしてんのかも、さ〜」

フェルマウスはリュホウのために傭兵団で戦い、その死後も傭兵団の維持《いじ》に努めてきた。

それを潰したのがハイアだというのは、心苦しいものがある。

「そうか、な？」

ミュンファもまた、フェルマウスのことが気になるのだろう。

「そう考えるしかないさ」

ずっと一緒《いっしょ》にいた人が離《はな》れてしまった。いつ会えるか、どこで会えるかもわからないのなら、後は幸せになっていると信じるしかない。

「あー、しかしなんだろな、このもやもやは……」

正体のしれない感触《かんしょく》は気持ち悪い。不意に傭兵団のことが浮かんだので彼らのことが原因なのかと思った。だからミュンファに彼らの消息を聞いたのだが、聞いたからといってそれがどうにかなるということもなかった。

すっきりもしなければ、もやもやが増したりもしない。

つまり、傭兵団のことはいまの気分とは関係ないのだろうか。

「あー……や、違《ちが》うな。あいつらのこともある。あるが、だけじゃないさ。きっと」

「ハイア、ちゃん？」

頭を掻《か》きむしるハイアにミュンファの心配げな声がかかる。

見えてきているような気もする。だが、あくまでも気がするだけで、それが、本当にハイアをもやもやさせているものなのかどうかは、まだわからない。

「……てことは、あっちか？」

道場でのことだ。

リュホウに関係した場所に行ってみたくてサイハーデンの道場に行き、そこでデルクに出会った。

レイフォンの師だ。自分の素性《すじょう》を明かす気はなかったし、仲良くしたいとも思わなかった。リュホウがデルクをどう思っていたかも知っているが、しかしやはり、それとは別に対抗心のようなものが気持ちに壁《かべ》を作っていた。

それを、デルクはあっさりと踏《ふ》み越《こ》えてきた。

そのときにハイアの前に置かれた言葉が、もやもやの中央にあるように思えてきた。

「……天剣持ちになるってことはさ」

「うん」

「この都市の住人になるってことだ」

「……うん」

「おれっちに定住なんてできると思うか？」

「できるよ、それは」

「そうかさ？　おれっちはハイア・ライア。ミュンファも知ってる嘘《うそ》つきハイアだ」

「そんなの、昔のことだよ」

「人間の性格なんて、そうそう変わるもんじゃないさ」

思い出すのは故郷の都市のことだ。武芸者だった父が死に、誰に引き取られることもないまま孤児《こじ》となったハイアは人間不信から荒《あ》れていた。孤児院から飛び出し、暴れに暴れていたハイアは最終的に都市警に捕《つか》まって都市外退去という名の死刑《しけい》となりかけていたところを、訪れていたリュホウに拾われた。

「都市から都市に移る。そういう生活がおれっちには合ってる気がするさ」

家族のように思っていた傭兵団も、結局はまとめきれなかった。

「ハイアちゃん。でも、それじゃあ……」

「ああ、そうだな。そうだ。とりあえず、天剣授受者になったって事実は欲しいさ」

ミュンファがなにかを言いかけた。

だが、ハイアはそれをあえて聞かなかった。

「それで、カリアンの旦那が言うようなことが本当に起こるなら、戦えばいいさ。無理なら逃《に》げる。それもありさ〜」

「ハイアちゃん……」

「よし、旦那の作戦でやろう」

もやもやは消えてはいない。だがその正体は見えてしまった。

一つの都市で生きる。天剣を得るという事実の向こうにあるもう一つの事実に気付いてしまった。

定住なんてできるはずがない。

そう決めることでもやもやを消そうとする。

だが、カリアンたちを追って食堂に向かうハイアの胸には、まだもやもやが残っていた。

†

「最近、おもしろい奴《やつ》がいるっぽいわね」

女王にそう話しかけられたのは涼《すず》しさが日常的になり、秋期帯に入ったことを実感できるようになった頃《ころ》だった。

「はぁ……」

振《ふ》り返《かえ》るエルスマウが見たのは、彼女の手に握《にぎ》られた武芸試合の速報だ。都市のあちこちにある闘技場《とうぎじょう》で行われたその日の試合結果をすばやくまとめたチラシを、女王はエルスマウに見せるようにして揺《ゆ》らしている。

「注目株」

「はぁ」

曖昧《あいまい》な返事を繰《く》り返す。

女王がなにを言いたいのか、エルスマウはわかっていた。

だが、できれば知らない顔をしていたいというのが本音だ。

チラシに大きく書かれた見出しは『ハイア・ライア快勝。連勝記録止められず』だ。

「都市民たちに天剣候補って思われてる武芸者たちを、まぁしらみ潰《つぶ》しに潰していってるみたいじゃない。最初の……なんだっけ？　顔だけいいの以外は」

インベイト・トゥースラン。心の中でだけその名を呟くが、しかしあえてそれを女王に言おうとはしなかった。

デルボネがただ一人でグレンダンの情報を支配していた時代はすでに終わっている。いまはエルスマウを中心にして複数の念威繰者によって情報収集網《もう》を展開している。

結果的に全《すべ》ての情報がエルスマウに集《つど》うのだとしても、自身で拾ったわけでもない、報告する必要もない情報に留意していると思われたくはなかった。

「ハイア・ライアね。こいつ、あんたの元ボスでしょ？」

「………」

しかし、そういう考えは女王アルシェイラ・アルモニスの前では通用しないのかもしれない。

「陛下《へいか》……私は、以前の経歴を封印《ふういん》した身です」

あまり表情が動かないために通じないのか、エルスマウの不快の念は女王の前で虚《むな》しく散っていく。

彼女の表情が動かないのは、念威繰者特有のものではなく、一度は完全に失った表情筋にまだ慣れていないためだ。

「別に封印しなくてもいいじゃない」

「しかし、他《ほか》の方々のように都市民の納得を得る形での天剣授受ではありませんでした。ここで過去の経歴を明らかにすることはあまり得策ではないと……」

念威繰者の特性上、試合でその能力の全てを発揮し、雌雄《しゆう》を決するということはできない。また、それをしたところで都市民が見物して喜ぶような展開にはそうそうなりはしない。また、デルボネが念威繰者の中で初の天剣授受者となった人物であり――他になった者がいないため、なり方に慣例というものができあがっていない。

ならば戦場での貢献《こうけん》度で計るべきなのだろうが、エルスマウにはグレンダンでの戦闘《せんとう》経験もそれほどない。サリンバン傭兵《ようへい》団に飛び込んだときもかなり幼かったし、なによりそんな昔の戦場経験などで、現在の武芸者たちが納得するわけもない。

デルボネ直々《じきじき》の指令であり、女王を始め、他の天剣授受者の承認を得ていたとしても、他の武芸者や一般《いっぱん》市民が納得しているとは言いきれない。

傭兵という存在そのものを軽視や蔑視《べっし》、警戒《けいかい》している武芸者や都市民は少なくはない。彼らの反感を買うのは、特に情報を収集する念威繰者であるエルスマウにとっては格別、避《さ》けねばならないことだと考えている。

誰《だれ》だって、自分の生活を無遠慮《ぶえんりょ》に覗《のぞ》かれたくはない。特に、嫌《いや》な人間には。

そういう点でも、都市民たちに愛されていたデルボネは偉大《いだい》な人物だった。

そしてエルスマウのいまの立場は、とても不安定な状態といえる。

「そう？　あなたの人気は悪くないとは思うけど？」

「だからそれは、経歴を隠《かく》しているからでしょう」

「そうかしら？　まぁいいけど」

その話をする気はなかったらしい。

「気になるのはこの試合。知らんぷりとかいいからさ。追いかけてんでしょ」

「ええ、それは……」

見透《みす》かされた言い方は反抗心《はんこうしん》を呼ぶが、女王を相手にそれが通用するはずもない。エルスマウの口からはため息が零《こぼ》れるばかりだ。

「おもしろい戦い方をしてるってことなんでしょうけどさ」

アルシェイラはニヤニヤと記事に載《の》せられた写真を眺《なが》めている。

「なーんか、わざと悪役をしてるみたいね。それだけに都市民の注目がすごい勢いで集まってる。天剣候補だとか言われてる連中を狙《ねら》って試合を選んでるのもおもしろいわ」

「実力者を選んで試合をしていっているだけでは？」

「それだけじゃないでしょ。それなら最初の試合で、あれ……なんか顔のいい奴、あいつと引き分ける必要ないじゃない」

インベイト・トゥースラン。再び心の中でだけ名前をあげておく。

エルスマウもそこは疑問だった。

その試合はハイアのグレンダンでの初試合だった。体調が悪いという様子でもなかった。勝てる相手だったはずだ。

しかし、引き分けた。それも故意に。おそらくはインベイトにも気付かれないよう、巧《こう》妙《みょう》に。

「なんのつもりかわからないけど、おもしろそうよね。実力も、まぁあるみたいだし」

「……天剣をお与《あた》えなさいますか？」

「そうして欲しい？」

意地の悪い笑みを深くさせた。

なるほど、これを言わせたくて話しかけたわけか。

「……実力がなければ、そうなることはむしろ死期を早めるだけかと」

エルスマウは慎重《しんちょう》に言葉を選ぶ。なにを考えているのか知らないが……いや、すでに女王の性格は把握《はあく》していて、これは意地悪や悪戯《いたずら》の類《たぐい》でしかないのは承知しているが、それでも慎重になる。

「ふむ、無難な返事だね。つまらない」

予想通りの反応に、エルスマウは内心でほっとした。

「まっ、ね。天剣が二本空《あ》いたままってのはいろいろまずいような気はするのよね」

表情を改めたアルシェイラの言葉に、エルスマウも向き直った。

「だからってそこらのに簡単にやるわけにもいかない。廃《はい》貴族を憑《つ》けてる子を見たけど、なんか気に入らない。別の思惑《おもわく》を感じるからかな？　とにかく気に入らないのよね。苦労したあんたたちには悪いけど」

「……いえ」

そもそも、廃貴族探索《たんさく》を行うためにサリンバン教導傭兵団の設立を指示したのは、先代グレンダン王だ。

しかし代が変わったところで任務の中止を指示しなかったところを見ると、アルシェイラも廃貴族にそれとなく期待をしていたのかもしれない。

「そういうわけで、ティグ爺《じい》の後だとか、ヴォルフシュテインだとかを持たせられる奴を探しているわけだけど……さて」

アルシェイラが改めてチラシを見た。

写真の中で小憎《こにく》らしい笑みを浮《う》かべているハイアを見つめた。

「こいつは、あの地獄《じごく》を見ても平気な顔をしていられるのかな？」

「耐《た》えられます」

おや？　という顔をしたアルシェイラから目をそらす。

「彼に、本当にその気があるのなら」

「そう？　それならもう少し見届けましょうか。なにを企《たくら》んでいるのか、それは気になるから」

彼のその気持ちが本物ならば……アルシェイラの前から退出しながら、エルスマウはその言葉に飲み込まれていく。

天剣授受者。

グレンダンの生まれでもないハイアがそれに拘《こだわ》る理由。

物思いの行く先は過去であり、そのときのエルスマウはフェルマウスを名乗る傭兵であり、そして己《おのれ》が迎《むか》えた醜《みにく》さという運命に抗《あらが》う力をなくしていたときでもあった。

期待された家から抜《ぬ》けだし、リュホウへの淡《あわ》い想《おも》いを貫《つらぬ》いた結果のこの有様《ありさま》に打《う》ち砕《くだ》かれようとしていた。

汚染《おせん》物質への特殊《とくしゅ》な適応体質。しかし、そのために女性としての外見は失われてしまった。

そんなときに、野良《のら》犬のような少年と出会った。

それが、ハイアだった。

薄汚《うすよご》れた孤児《こじ》の不幸自慢《じまん》に腹を立てて己の素顔を晒《さら》したとき、見えたのは同じように不幸自慢をしているに過ぎない自分と、打ちのめされながら自らの力で立ち上がろうとする少年の若い力だった。

それに手を貸したのがリュホウだ。

そのときのリュホウがなにを考えていたのかはわからない。しかし、ハイアが野良犬から傭兵へと姿を変えていく過程で、エルスマウも立ち直ることができた。

そしてハイアは二人目の父親を手に入れた。

彼が天剣に拘る理由があるとすれば、それは死したリュホウへの手向《たむ》けに違《ちが》いない。

そんな想いで、はたして天剣を握ることができるのか？

あの地獄を耐え抜くことができるのか？

女王は同じことがまた起こると確信している。そして天剣授受者たちは女王のその態度を疑ってはいない。

エルスマウは……よくわかっていない。

死期を悟《さと》ったデルボネに後継者《こうけいしゃ》にと説得され、そして、彼女の死によって半《なか》ば強引にその跡《あと》を継《つ》いだ。継がされた。

「覚悟《かくご》が足りないのは私だけか」

細いため息を漏《も》らし、エルスマウは歩く。

フェルマウスであった頃《ころ》の記憶《きおく》を白昼夢のように浮かべながら、彼女は歩く。

†

ハイアの連勝は続く。

グレンダンの武芸者たちの間でハイア倒《たお》すべしの気運が高まっていた。しかしそれはただの嫌悪《けんお》というわけではない。強い者を歓迎《かんげい》する空気があることも確かであり、その好意的な、あるいは好戦的な空気は、カリアンにとっても少しばかり予想外ではあった。

だが、カリアンの望む空気が醸成《じょうせい》され、完成しつつあることは変わりない。

「さて、この一押しが通じるか」

そう呟《つぶや》いたカリアンは、門前にいた。

鉄柵《てっさく》の前にある呼《よ》び鈴《りん》を鳴らす。事前に約束は取り付けておいたので、邪険《じゃけん》に扱《あつか》われることもなく門は開かれ、屋敷《やしき》の中に通された。

カリアンの背後にはシュターニアがいる。

通されたのは応接室と思《おぼ》しき一室だ。

ソファで待っているとその人物がやってきた。

「……お久しぶりです」

護衛らしき青年を従えたその女性は、こちらを見るなり頭を下げる。カリアンもすぐにソファから立ち上がって挨拶《あいさつ》した。

「こちらこそ、突然《とつぜん》の訪問に応《こた》えていただき、ありがとうございます」

部屋に入ってきたのはリーリンだ。

だが、もはやカリアンが知っていた頃の彼女ではない。

いまや、グレンダン王家の王位継承《けいしょう》権を持つ姫《ひめ》、リーリン・ユートノールだ。

「そういう堅《かた》い言葉は、とりあえずやめてもらえますか？」

「そう仰《おっしゃ》るなら」

照れ笑いの混じった言葉に、カリアンは頭を上げてリーリンを見る。

なにかが変わっている。以前に見たときよりは若干、表情が引《ひ》き締《し》まっているかもしれないが、それは右目の眼帯がそう思わせているだけかもしれない。

だが、これだけは言える。

(目が笑っていませんね)

眼帯があるために、ただ一つだけ晒された左目を見て思う。

表情はそれとなく旧知に会った懐《なつ》かしさと戸《と》惑《まど》いを表しているが、目の奥ではそういう感情を突《つ》き放《はな》した冷たさを宿している。

そういう目には覚えがある。鏡でなんども見た。

ツェルニで生徒会長をしていた頃のカリアン自身の目だ。

傾《かたむ》いた学園都市を立て直そうと躍起《やっき》になっていたあの頃と同じ目をしている。

「それで、どういう御用《ごよう》でしょうか？」

リーリンの問いが、過去へと飛びそうになった思考を引き止めてくれた。気持ちを切《き》り替《か》え、本題に入る。

「いま、私は一人の武芸者を応援《おうえん》していましてね」

「もしかして、ハイア・ライアさん？」

「ご存じですか？」

「陛下はとても楽しそうですよ」

この時点でリーリンはカリアンの意図を読んでいたかもしれない。

「なるほど、それはそれは」

どうであれ、女王が喜んでいるという情報は歓迎すべきものだ。

だが、リーリンはそう考えなかったのかもしれない。次の質問がそれを示している。

「……天剣を外へ持ち帰りたいのですか？」

「そんなことができるのですか？」

「………………」

「ふむ」

リーリンが沈黙《ちんもく》し、カリアンは彼女の言葉の意味を考えた。

彼女は、カリアンが天剣を外に持ち出す危険性を考慮《こうりよ》していたようだ。

しかし、持ち出してどうする？

「私が、以前の化け物騒《さわ》ぎの体験者だから。それが理由ですか？」

「自分の都市を守るために、強力な武器を盗《ぬす》もうとしていると？」

「ええ」

「…………」

沈黙が、そのまま答えのようなものだ。

気分を害したという空気を放つシュターニアの肘《ひじ》を軽く叩《たた》き、カリアンはさらにリーリンを見る。読み残しはないか読み違えてはいないか、ひどく冷たく感じる彼女の瞳《ひとみ》に問いかける。

「さすがに、それができるなどとは夢にも思っていませんが……」

その後に続く言葉を、カリアンは飲み込んだ。呟いて、わかったのだ。おそらくはこれが正解だろう。

だからこそ飲み込んだ。

（レイフォンくん）

彼に、天剣を渡《わた》すためにやってきたと思われたのか。

あの、ツェルニとグレンダンが接触《せっしょく》した後の騒動《そうどう》で、二人の間になにが起きたのか、カリアンが知るはずもない。だが、その後の彼の様子や、それを見守るフェリを見ていれば察しは付く。

そして、いまのリーリンの目。

かつての自分と同じ目をした彼女が、レイフォンを突き放すのはどういうことなのか。

どうして彼女が、グレンダンの王位継承者なのか。

表面を撫《な》でるだけではわからない秘密が、おそらく彼女にはあるに違いない。

フェリのように人形的というわけではなく、ニーナのように研《と》ぎすぎた刃《やいば》のようでもなく、ごく普通《ふつう》の、明るい娘《むすめ》という様子だったリーリンに巻き付いた重々しい眼帯。それが彼女に凄惨《せいさん》さをまとわりつかせている。

瞳に宿る冷たさは、おそらく当時のカリアンよりも深いに違いない。カリアンよりも過《か》酷《こく》な決意をしているに違いない。

それに触《ふ》れるべきか否《いな》か……

触れたところで、カリアンになにかができるのか。

(しかし……)

気になるのは、やはりその瞳だ。

その瞳に隠《かく》されたもの。

冷たさの奥に封《ふう》じられたもの。凍結《とうけつ》し、動くなと念じられているもの。

「……っ」

「ハイア・ライアさんに機会をという話なのであれば、陛下にその旨《むね》を伝えることは可能です」

なにかを言いかけたカリアンを、リーリンの言葉が押しとどめた。

「それで実際に天剣授受者を決める試合が行われるかどうか、その決定権はわたしにはありませんが」

「それはたすかりますね。私としてもあまり長くこの都市に居続けたいわけではないので」

「そうなのですか？」

話題の変更《へんこう》を望まれている。カリアンはあえてそれに乗ることにした。

「私は私で、あの騒動で得るものもありましたし、目標もできました。分不相応であるかもしれませんが、それを成し遂《と》げるためにもこの場にとどまっているわけにはいかないのです」

そう。それこそが、カリアンが生徒会長という職を経て得た経験と、そこから導き出された結論だ。

「そうですか」

リーリンが頷《うなず》きながら思考を巡《めぐ》らせているのを、カリアンは見逃《みのが》さなかった。

「陛下に、強くお願いしておきます」

「そうですか。それならば、私もいますぐにでも出発できますね」

「……しかし、結果は」

「その結果は私が持つものではなく、ハイアの実力によって導き出されるものでしょう」

「そうですね」

リーリンがまた頷き、そこで話は終了《しゅうりょう》になった。

「それでは」と、カリアンは立ち上がる。リーリンの周りに一瞬《いっしゅん》だが、ほっとした空気が流れたのも見逃さなかった。

「そうそう」

だからこそ、口が滑《すべ》ってしまったのかもしれない。

「ほんのわずかとはいえ、同じ学園都市で過ごした仲です。一つだけ、助言を」

「……なんですか？」

「あなたは、ちゃんと救われた方がいい」

「……え？」

「私たちが共有している問題とは関係ない。あなたの中にある問題だ。未解決のままにしているからこそ、あなたは苦しまなくてはならない」

「そんなことは……」

「そんな冷たい目をしなくてはいけない」

「…………」

「私とあなただけではない。『私たち』が抱《かか》えている問題はあまりにも重い。そんな中で、あなたが抱えている別の重さは、きっとあなたを躓《つまず》かせる」

「……そんなこと、いくら優秀《ゆうしゅう》なあなたにだって」

「そう、予言できるものではない。ですからこれは、予測ですよ。自分の経験に基づいた、ね。それでは、失礼しました」

彼女の側《そば》にいる護衛が凄《すさ》まじい目をしてカリアンを睨《にら》んでいる。シュターニアがひっそりと立ち位置を変え、彼と部屋を出て行くカリアンとの間に入ってくる。

リーリンは、ずっとソファに座ったままだった。


「よろしいのですか？」

屋敷を出たところで、シュターニアが問いかけてくる。

「なにがだい？」

「ハイアの件です」

「うん、あれでいいはずだよ。試合は行われる」

リーリンは女王へ進言するとしか言わなかったが、実際にはこれで天剣授受者決定戦が行われることは決まったと、カリアンは確信している。

それだけのなにかをリーリンは得ている。確証はないがカリアンはそう感じていたし、そしてそれが気のせいだとは思えなかった。

リーリンが纏《まと》っていた空気はそういうものだったのだ。上に立つ人間が自然と体験しなければならない、決断にまとわりつく重圧を知っている顔だった。

そして、その重圧に潰《つぶ》されかけてもいる。

「人間というのはどうしようもない生き物ですね、まったく」

努力や誠意、想いが、その方向性のままに終点へと辿《たど》り着《つ》く可能性は低い。多くの人間は事の大小はあれど失敗や裏切りや失恋《しつれん》を経験する。

カリアンもそれを経験したし、経験したからこそここにいる。

失敗や裏切りや失恋は、逃《のが》れられるものならば逃れたい。だが、それらがあったからこそ、いまのカリアンは存在する。

決してむだなことではない。

「しかし、失敗は怖《こわ》いものですよね」

失敗が怖いからこそ、周到《しゅうとう》に準備をする。カリアンは自分が誰《だれ》よりも失敗を怖《こわ》がっていることを知っている。

それを知りながら、こんな無謀《むぼう》なことを始めてしまっている。

「……分析《ぶんせき》が自己賛美に変わってしまいそうですね」

そう呟《つぶや》き、リーリンのことを考えるのをやめる。

「……あの」

気がつくと、シュターニアが物言いたげな顔をしていた。

「どうかしましたか？」

「いえ。ハイアの試合の件はどうでもいいのです」

「ああ、違《ちが》ったのですか」

「はい。あいつが天剣授受者になろうとも、失敗して恥《はじ》を掻《か》こうともわたしにはどうでもいいことです。それよりも問題なのは、若の護衛です。このまま出発するということは、ハイアはもう解雇《かいこ》なのでしょうが、次の人選をしている暇《ひま》が」

「その必要はないですよ」

「え？」

「あなたがいるじゃないですか」

「ええ!?」

「正直、実家に援助《えんじょ》を求めたときにあなたが来てくれるとは思っていませんでしたし、なにより、あなたがそこまで武芸者として成長していたということも予想外でした。最初からわかっていれば彼らに依頼《いらい》をする必要もなかったかもしれませんね」

「あ、あう……」

「……どうしました？」

ひどく狼狽《ろうばい》した様子にカリアンは首を傾《かし》げる。

「そ、そっただことといきなり言われてもこまるだ」

「……シュターニア、故郷の言葉が出ている」

シュターニアたちは、都市を失ったところをカリアンの父親に拾われ、一族ごと雇《やと》われている。

言葉の多少の違いは都市ごとであるものの、シュターニアの都市の言葉はカリアンからしてみるとかなり変形していて、理解が難しい部分も出てくる。

「っ！　し、失礼しました」

赤面したシュターニアは咳払《せきばら》いでそれをごまかすと、なにくわぬ顔で言葉を繋《つな》げていく。

「しかし、突然《とつぜん》そんなことを言われましても、その、困ります」

「率直な感想を言っただけですよ。あなたは強くなっている。まぁ、しょせんは素人《しろうと》で一般人《いっぱんじん》の感想です。あなたが、やはり護衛は必要だというのであれば、出発を遅《おく》らせて探しますが……」

「あ、いえ……いえっ！」

「シュターニア？」

「ちょ、ちょっとお待ちを」

頭を抱えてその場にうずくまったシュターニアが考え、そして回想していたことは、こうだ。


『シュターニア、おめ、若の護衛に行くごとになったそうでねぇか』

『んだ、おっとう。行ってくる』

『若さ会うの、バスを見送ってから七年ぶりくらいだべ。おめ、ちゃんと若のことわかるのか？』

『もちろんだ』

『あんたぁ、そりゃ、心配ないべ。シュターニアが、若のこと見間違《みまちが》えたりするもんかい』

『おっかあ！』

『照れんでも、あんたが若にぞっこんなこたぁ、みんな知っとる』

『ほうかほうか。ならええんだがな』

『おっとうも』

『なんでも、ご主人も若が旅をすることに賛成らしいから、こりゃ長旅になるべ。おめ、うまくしろよ』

『うまくしろって、なんべさ？』

『そりゃおめぇ。うまくやっちまえってことだ。専用バスだ。誰もいねぇべ』

『あんた、運転手がいるべさ』

『ほか。そりゃいかんな』

そのときは顔を真っ赤にして怒《いか》りと恥《は》ずかしさで震《ふる》えていたシュターニアだが、両親の言っていたような状況《じょうきょう》がもうじき実現するかもしれないと思うと、またもそのときと同じようなことになってしまいそうになる。というかなっているから、うずくまっているわけなのだが。

（落ち着け。落ち着くのです。……そっだらことにはなりゃしねぇ。わかってるでねぇか。

若は使命に燃えとる。そっだことに目ば向けとる暇なんかない）

そう。だからなにごともない。

なにごともなく、シュターニアが護衛をすればいい。

（べ、べつに変なことさ、考えてないべ。わたす一人で十分てだけだ。他の奴《やっ》が邪魔《じゃま》だとか、できれば運転手もだとか、そんなことさ、考えてない。うん。考えてないべ）

「シュターニア？」

「あ、は、はい！」

カリアンの不審《ふしん》げな呼びかけに気付き、シュターニアは慌《あわ》てて立ち上がると気持ちを切《き》り替《か》えた。

「大丈夫《だいじょうぶ》です。わたし一人で若をお守りできます」

「うん。頼《たの》みます」

「はい！」

気分は変わった。もう大丈夫。カリアンに相応《ふさわ》しい、冷静沈着《ちんちゃく》な女性でいられる。

そう思っていたが……

颯爽《さっそう》と前を行くカリアンの後ろ姿に、ぐっと来るものがあることを否定できないシュターニアであった。

†

それから、事態はあれよという間に進んでいった。

天剣《てんけん》授受者を決定する試合だ。グレンダンでももっとも大きな闘技場《とうぎじょう》で開催《かいさい》され、そして集まる都市民の数もとんでもない。

人の集まる振動《しんどう》がそこら中に満ちていて、逃《に》げ場《ば》がない。控《ひか》え室《しつ》にいるハイアはうんざりとした声を漏《も》らした。

「まったく……」

しかし、この熱気の大半はハイアたちが招いたものだ。

カリアンの仕組んだ策、通称《つうしょう》インベイト・ライバル化計画は都市民たちに見事にはまり、ライバル同士の二人の決着は天剣授受者決定戦で行われるべきだという空気を醸成《じょうせい》させることに成功していた。

そのおかげなのかどうなのか、ハイアが十連勝を遂《と》げたところで女王が試合を決定した。

こうして現在のハイアは、控え室で試合が始まるのを待つ身となっている。

「んで、企《くわだ》てた張本人はさっさとどっかに行っちまうし」

試合の決まる少し前だ。カリアンは「後は任せた」という言葉を残してハイアたちを置いて旅立ってしまった。彼の目的を考えるならば、そのときが来るまで終わりが存在しないのではないかとも思う。

かといって、途中《とちゅう》で去られて気分がいいはずもない。

もやもやも晴れていないこんな状況では苛立《いらだ》ちしか感じない。

「まったく……」

天剣を手に入れてどうするのか？　いまだにそれに対して明確な答えが出てこない。

レイフォンへの対抗心《たいこう》？　そんなものは、ツェルニでのあの一騎打《いっきう》ちで解消されてしまっている。負けはしたし、彼より強くなりたいという欲《よく》がなくなったわけでもなく、彼と仲良くできるわけでもないが、憎悪《ぞうお》にも似た感情は消えている。

ならばリュホウのためか？

それはあると思う。だが、そのためにグレンダンで定住する道を選ぶのか？　場合によってはデルクの後を継《つ》いでサイハーデンの武門を継ぐのか？

「はっ」

自分が人の上に立ったり指導したりするような器ではないことは、傭兵団《ようへいだん》で証明されてしまったではないか。

「くそっ」

なぜ天剣を手に入れなければならないのか？

グレンダンに来るまでは簡単なことのように吐《は》き捨《す》てていた言葉が、いまではとても重い存在のように思えて、簡単には口にできなくなってしまった。

「ハイアちゃん、大丈夫？」

同じく控え室にいるミュンファの顔色も悪い。ここ最近のハイアの不機嫌《ふきげん》にずっと付き合わせてしまっている。申し訳ないとは思っているのだが、かといってそれで苛立ちが消えてくれるわけでもない。

「……しっかし、お前ってずっとついてきてくれるさ〜」

申し訳なさが言葉になって出てきた。

「え？」

いきなりの言葉に、ミュンファも意味がわからずきょとんとしている。

「いい加減、うんざりとかしないのかさ？」

「そんな……しないよ」

「そうか？　おれっちはしてるさ。はっきりとしなくて自分で自分が嫌《いや》になるさ〜」

わかっているのだ、定住することを恐《おそ》れているのは。

理由付けを探しているのも定住するという恐怖《きょうふ》と戦えるかどうかを自分に問いかけ続け

ているからだ。

幼少期、そして傭兵団と、理由は別だけれど集団の中にいることに失敗しているハイアにとって、定住するという選択《せんたく》は戦場に赴《おもむ》くということよりも決心を必要とさせる。

そしてその、決心に足る理由がいまだ見つからない。

「こんな嫌な奴の考えるようなことじゃ、自分自身だって納得させられやしないさ〜」

「ハイアちゃん……」

「そうだ」

「え？」

それは、ふとした思いつきだ。

「ミュンファ。お前って、ここに住むとしたらなにかしたいことはあるかさ？」

「え？　え？」

「まっ、ここじゃなくてもいいんだけどさ〜。定住したとしたら、なにかやりたいこととかあったりするのかさ？」

「それは……」

「あるのか？」

「う、うん」

「言ってみるさ～」

「でも……」

「いいからいいから」

自分にないのであれば他《ほか》の人の理由で動けばいいのではないか。場当たり的だが、そう考えた。さすがに誰《だれ》でもいいというわけではないけれど、ミュンファならばそれでもいいかと思えるかもしれない。

「あうぅ」

「ほら、言ってみるさ」

「…………」

「ん？」

「幼稚園《ようちえん》」

「はん？」

「幼稚園の先生になってみたいなって……」

顔を真っ赤にして俯《うつむ》くミュンファに、ハイアは衝撃《しょうげき》を受けていた。

あまりにも素朴《そぼく》な夢だ。

だが、定住していなくては叶《かな》えられない夢だ。

定住したら、という仮定で聞いたのだからそういう答えが出てくるのはあたりまえだ。

だから、幼稚園という単語に驚《おどろ》いたわけではない。

ミュンファにしてはすんなりと出てきたことに驚いたのだ。

以前からそういうことを考えていたに違《ちが》いない。

傭兵団の連中もそうだった。女王からの手紙で任務の終了《しゅうりょう》を告げられたとき、彼らの顔に浮《う》かんだのは望郷の念だった。

定住者の気持ちだ。

あのときは、自分にその気持ちが存在しないことに苛立ちと嫉妬《しっと》を覚えていた。その感情が自分の家である傭兵団を破壊《はかい》することに恐れと怒りを感じ、そして望郷の念を共有できない自分が、ひどく異常な存在のように思えてしまった。

暴走し、レイフォンと一騎打ちをして負け、追い出されることになったハイアに付いてきてくれたのがミュンファだ。

定住者の気持ちはそれほどないのだと、勝手に思っていた。

(ああ……くそ)

都合のいい思い込みをしていただけなんだと思い知らされてしまった。ミュンファもまたその気持ちがあったのだ。平凡《へいぼん》な暮らしを夢見ていたのだ。

「あ、あの……どうしてもってわけじゃ……やってみたいなって、軽い気持ちで」

「絶対に、ミュンはがきんちょどもになめられてスカートめくりとかされるさ〜」

「ひどいっ！」

「絶対やられる」

「わ、わたしだって、武芸者だから、そんなのかわせる、よ」

「無理さ〜、絶対無理」

「そ、そんなことないもん」

ムキになるミュンファがおかしくて、ハイアは笑いが止められなくなった。

そこに、ノックの音が響《ひび》く。

「は、はい」

ミュンファが答え、ドアを開けると女性が立っていた。

波打つように広がる金髪《きんぱつ》が、まず目に入った。

「失礼。ハイア・ライア。そろそろ時間だが準備はいいかな？」

年齢《ねんれい》を感じさせる皺《しわ》は見られるものの、思わず圧倒《あっとう》されそうな美人だ。実際、側《そば》で見ているミュンファは口を開けて止まってしまっている。


「幼稚園……か、さ〜」

「……ああ、いつだっていいさ」

剣帯に収まった錬金鋼《ダイト》を確認し、ハイアは立ち上がる。

試合の関係者なのか、しかしそういった腕章《わんしょう》のようなものも見られない。

おかしな空気だ。

だが、嫌な空気というわけでもない。

「ああ……」

なにか、納得できた。

「ところでさ〜。そこのお姉さん」

「はい？」

控え室から出てくるのを待っている様子の女性に、ハイアは話しかけた。

「ミュンファが幼稚園の先生になりたいって言ってるんだが、どう思うさ？」

「ふえぇ〜？」

ハイアがそんなことを言い出すとは思っていなかったのだろう。ミュンファが驚いた声を出す。

「あなたなら、それも似合うかもしれませんね」

「え？　あ、ありがとう、ございます」

まじめに返され、ミュンファが戸惑《とまど》う。

それを見て、ハイアは確信した。

「んじゃ、ミュンファがスカートめくりされるかどうかを確かめるためにも、ちょっくら天剣を取ってくるさ〜」

「ハイアちゃん！」

顔を真っ赤にするミュンファに再び笑いながら、ハイアは控《ひか》え室《しつ》を出る。

女性は案内する様子もなく、ハイアが会場に向かって歩いていくのを見送るようだ。

「ハイアちゃん」

後を追ってきたミュンファが声を潜《ひそ》める。

「いまのって……もしかして」

「かもな」

「それなら……」

「言いたくないなら、とりあえず黙《だま》っといてやるさ〜」

彼女にも、彼女の事情があるはずだ。

「まっ、ミュンファにも気付かれちまうようじゃ、それほど隠《かく》す気はないんだろうさ」

「あ、う〜」

なんて言っていいのかわからない様子で唸《うな》るミュンファに笑い、ハイアは表情を引き締める。

「必要なら聞くさ。とりあえず、いまは……」

会場が近づいてくる。逃《に》げ場《ば》もなくひしめき合っている振動《しんどう》は、より強くなってハイアの体を包んだ。

それはこの都市の人々の歓声《かんせい》だ。

そして、これからはこの声の持ち主たちだけを守っていかなければならない。

「天剣をもらうさ」

そう言って、ハイアは通路を抜《ぬ》けた。

02 廃都《はいと》と迷子《まいご》の迷路

到着《とうちゃく》したのは二日目の昼だった。

目の前に聳《そび》えるのは動くことをやめた都市だ。そこに存在する空洞《くうどう》のような気配は廃墟《はいきょ》を眺《なが》めているときと同じように、なんともいえない寂《さび》しさで胸が詰《つ》まりそうになる。

「……こんな形でしたっけ？」

以前にこの廃都にやってきたのが、もう一年ほど前になる。

そのときの記憶《きおく》と比べて、レイフォンは首を傾《かし》げた。

「以前とは到着した場所が違いますから、形が違って見えてもおかしくはありませんが……」

フェリの言葉尻《ことばじり》が曖昧《あいまい》に消えているのは、念威端子《ねんいたんし》を動かしてレイフォンの言葉を確かめているためだろう。

「以前との差異はありますが、風化等の劣化《れっか》によるもの以外には見受けられません」

「そう……ですか」

「……いまだにエアフィルターが生きていますね。電力が不安定な様子ですので安心はできませんが」

「わかりました」

とりあえず、都市に入れば都市外装備を一度は脱《ぬ》げるようだ。慣れているとはいえ、ヘルメット内のこもった空気から解放されると考えるとほっとする。

以前と同じように鋼糸を都市の脚《あし》に巻き付け、こんどはランドローラーごと都市へと移動する。

「ふう」

フェリがヘルメットを外して息を吐《は》くのに、レイフォンは慌てた。安心はできないと言ったのは彼女だ。

「フェリ……安全確認は僕からします」

エアフィルターが不完全で、空気が汚染されているかもしれない。

「わたしがもう安全だと判断したんですよ？　信用してないのですか？」

「そういうわけでは……」

ぎろりと睨《にら》まれ、レイフォンは言葉を詰まらせた。

それだけ、フェリもヘルメットを外したかったにちがいない。レイフォンもヘルメットを外す。都市に満ちた空気は新鮮《しんせん》で、ありがたかった。

一息入れると、フェリが情報収集を再開し、レイフォンもランドローラーを安全そうな場所に移動させる。

「以前との違いは見られませんね。汚染獣《おせんじゆう》の潜伏《せんぷく》もありません。この都市は安全な状態であると判断できます」

「……そうなると、例の戦闘《せんとう》記録というものがどこにあるか。問題はそれですね」

「ええ……しかし、おおよその見当は付くと思います」

「え？」

「この都市の中央部分にとても巨大《きょだい》な建造物があったと思《おぼ》しき痕跡《こんせき》があります。位置からしてツェルニの生徒会棟《とう》に相当する建物であるという推測は簡単なことですし」

「……重要な記録ならそこにあるに違いない？」

「はい」

「そういうことなら」

「ええ。向かいましょう」

頷《うなず》きあうと、二人は中央を目指して進んだ。

人気《ひとけ》のない都市を進む。

「それにしても、静かですよね」

「あたりまえじゃないですか。わたしたち以外には誰《だれ》もいないのですから」

「ええと、そういうことだけじゃなくて」

言葉に迷ってレイフォンは空を見上げた。こんな状況に似合《じようきよう》わないぐらいに、空はひどく澄《す》んでいた。汚染物質《おせん》の濃度《のうど》が低いのだろうと思いつつ、エアフィルターが薄《うす》いためだとも感じた。

たとえ汚染獣がいなくとも、エアフィルターが突如《とつじよ》として機能不全を起こす可能性もある。決して油断のできる状況ではない。

「……たぶん、都市の足音がないからかな」

「なるほど」

納得した様子で、フェリもそちらを見た。動くことのない都市の脚は制御《せいぎよ》を失って暴走した有機プレートの侵蝕《しんしよく》を受け、鉄の塊《かたまり》ではなく、とても巨大な、そして腐《くさ》りかけた樹木のように聳《そび》え、レイフォンたちを囲み見下ろしている。

「……この都市でデルボネさんは生まれたのか」

情報としては彼女がよその都市の出身だということは知っていた。しかし、レイフォンが生まれる前から天剣授受者だったデルボネの故郷に自分がいまいると考えると、歯車が噛《か》み合わないような気分になる。

しかし、それはやはりただの気分でしかない。彼女には彼女の歴史があり、そしていまは、その歴史がレイフォンを真実に近づかせてくれるかもしれない。

「渡《わた》されたデータでは彼女の素性《すじよう》の詳《くわ》しい部分はわかりません」

隣《となり》を歩きながら、フェリが答えた。

「ですが、彼女の能力、そして中央に関《かか》わっていることを考えれば都市の中でも高い地位にいたことは推測できます」

「……デルボネさんがいたときに、この都市は滅《ほろ》んだのかな？」

「それは、これから調べてみないとわかりません」

崩壊《ほうかい》した街並みが続いている。以前にも疑問に感じた上から押《お》し潰《つぶ》されたような建物が続いている。他の崩壊した建物に紛《まぎ》れるようにしてあるためわかりにくいが、不可解な壊《こわ》れ方をした建物はレイフォンたちがいま目指している中央に向かってまっすぐ線を引くように続いているのだと気がついた。

「これ、どういうことかわかりますか？」

「巨大なものによって押し潰された、という意見には賛成しますが、ではそれがなにか、ということがはっきりとしません。汚染獣が潰したにしては形が整いすぎていますし、では巨大な建造物かというと、その痕跡がまったくないというのが気にかかります」

「わけがわかりませんね」

「まったくです」

不快を示すフェリの横で、レイフォンは周囲への警戒《けいかい》を怠《おこた》ることはない。

以前にも感じたが、ここはやはり、なにかがおかしい。

あのときには漠然《ばくぜん》としたまま、ゴルネオとのことやシャンテの独走があったりしてうやむやになってしまった。

しかしいまは、あのときにうやむやだったものをはっきりと見定めなければいけないのかもしれない。

フェリの速度に合わせていまはゆっくりと進んでいる。彼女を抱《かか》えてレイフォンが跳《と》べばあっという間なのだが……

「…………」

「……どうしました？」

両手を胸のあたりで持ち上げて停止させているレイフォンに、フェリが訝《いぶか》しげな声をかけてくる。

「あ、いえ……」

「……………そういえば中央まではまだかかりますね」

「とりあえず、危険はなさそうですからフォンフォンに運んでもらった方が早いかもしれませんね」

「そうですね」

「……は、はい。そうですね」

フェリの言葉は、いままさにレイフォンが彼女に提案しようとしていたことそのままだ。

そのままなのだが。

「どうしたんですか？」

体がそれ以上動いてくれない。

「あれ……え、えーと……」

腕《うで》の前に掲《かか》げた指をわきわきと動かす。動いた。大丈夫《だいじょうぶ》。急に体のどこかがおかしくなったわけではない。

「なに変態げな動きをしてるんですか。いいです。ゆっくり遠隔《えんかく》調査してから現地に向かいましょう」

「す、すいません」

小さくなってフェリの後ろに付いていく。

(……あれ？)

自分の手を見下ろして首を傾げる。動く。大丈夫。なにも問題はない。指を動かして、肘《ひじ》の関節をたしかめ、肩《かた》を回して……どこにも問題はない。

ならなぜ、あのときには急に動かなくなったのだろうか？

「変だな？」

「どうしました？」

「あ、いえ……なにも」

「……では、ぶつぶつ言うのはやめてください」

「うっ、すいません」

フェリの機嫌《きげん》が悪くなっているのがわかって、レイフォンはさらに小さくなった。

しかし、これは重大な問題かもしれない。

おかしくなったのは、フェリに触《さわ》ろうとしたからだ。なぜかはわからないが、そうしようとしたからそうなったという因果関係ははっきりとしている。

フェリに触《ふ》れることを、無意識に躊躇《ちゅうちょ》している？

（なぜ？）

わからない。

（うーん？）

今日までになにかがあっただろうか？　思い返してみる。

夏期帯にフェリがデルボネの遺産を解析《かいせき》することに成功してから、レイフォンは訓練に訓練を重ねるような日々に明け暮れていた。

ここぞとするのではなく、堂々と個人訓練に終始した。いつ、この廃都市《はい》に行くことになるかわからない。連弾《れんだん》の完成を目指し、訓練と試行を積み上げていった。

そういう日々だったので、ニーナやクララだけでなく、フェリともほとんど会話をしなかったような気がする。一番よく話をしたのは、おそらくハーレイで、錬金鋼《ダイト》の向上のために自分ができることに積極的に協力していた。

その成果が、いま、剣帯《けんたい》に収まっている。

「もう少しなんだがな」

そう語っていたキリクの悔《くや》しげな怖《こわ》い顔がいまでも思い出せる。

（うーん？）

そんな感じで日々を送っていたのだ。いきなりフェリに触れるのを躊躇している理由がわからない。

（ああもう、なんでかな？）

うまくいかない感触《かんしょく》に、レイフォンも少し苛々《いらいら》とする。彼女の小さな背中を見ているのも申し訳ない気分になってしまう。

そんな気分だったからか、わずかだが反応が遅《おく》れた。

異音は斜《なな》め上からした。

「っ！　フェリ！」

音と重なるように足下を影《かげ》が覆《おお》う。影から抜《ぬ》け出すようにレイフォンは走り、フェリをすくいあげるようにして抱える。

「フォンっ！」

フェリの声が耳をかすめて消えていく。振《ふ》り返《かえ》ることなく走り抜けたレイフォンの背に爆音《ばくおん》が響《ひび》く。

音の圧に突《つ》き飛《と》ばされるようにして跳躍《ちょうやく》し、着地。

「大丈夫ですか？」

問いかけ、腕に抱《だ》いたフェリを見て、レイフォンは血の気が下がった。

「大丈夫……です」

そうは言うが、彼女の表情は歪《ゆが》んでいた。

都市外装備の右肩《みぎかた》に裂《さ》け目《め》ができている。飛散した破片がそこをすり抜けていったに違《ちが》いない。

「くっ……」

血が滲《にじ》み始めた肩を見て、レイフォンは奥歯を嚙みしめ、前を見た。

「汚染獣……？　そんな、さっきまでなにも反応は……」

腕の中でフェリが戸惑《とまど》いの声をあげる。その声には痛みをこらえる空気が滲んでいた。

目の前にいたのは、巨人《きょじん》のような汚染獣だ。

「こいつ……」

見たことがある。

「ツェルニで見たことのある……」

フェリの声が擦《かす》れたのは、驚《おどろ》きか、痛みか。

人間にそっくりの四肢《しし》を持ちながら、頭だけは潰れたように肉の小山となって、そこに口だけがある。胸に打ち込まれた球がグルグルと動き回り、それが感覚器官の役割を果たしているのではないかと想像させた。

以前にツェルニを襲《おそ》った巨人とまるで同じだ。

「こいつらがこんなところに……やはり、ここにはなにかがあるのですね」

「……少し、待っていてください」

「フォンフォン？」

巨人は一体だけだ。増える様子がないことを確かめて、レイフォンはフェリを下ろした。

「すぐに片付けて、治療《ちりょう》をしましょう」

「え、ええ……」

フェリの前に立ち剣帯から青石錬金鋼《サファイアダイト》を抜いて握《にぎ》りしめる。

復元することなく、レイフォンは巨人に向かっていった。

巨人が吠《ほ》える。

その手には槍《やり》のような柱を尖《とが》らせただけのような乱暴な武器が握られ、レイフォンに向かって突き下ろされた。

寸前でそれを躱わす。

剛風《ごうふう》が頬《ほお》を引きつらせ、体表に奔《はし》らせた防御《ぼうぎょ》の剄《けい》が火花を散らす。レイフォンは基礎《きそ》状態のままの錬金鋼《ダイト》を横薙《よこな》ぎに払《はら》う。

「……レストレーション」

復元光が周囲を包む。光は凝縮《ぎょうしゅく》し、レイフォンから放たれる剄に押し固められるようにして刃《やいば》を形作る。

刃は巨人の腹部の前で物質化し、そのままその肉をすり抜けていく。

サイハーデン刀争術・虚《こ》蝍滑《かっすべ》り。

反復元化状態の錬金鋼に剄を流し込み、極薄の刃の状態を数瞬維持《いじ》し、切断する技だ。刹那《せつな》ながらも収束する寸前に固定された刃は無秩序《むちつじょ》な形をしており、そのために斬線も不可解な線を描《えが》くことになる。

そしてそれは、巨人を一振《ひとふ》りで乱斬《らんざん》したということでもある。

ただ一振りで無数の肉塊《にくかい》に変じた巨人は、その様を見せるよりも早く、錬金鋼《ダイト》の固定を促《うなが》していた剄が解放される際の熱で焼滅《しょうめつ》することとなる。

一瞬《いっしゅん》で跡形《あとかた》もなくなった巨人には目もくれず、レイフォンは錬金鋼を基礎状態に戻《もど》すとフェリのもとへと戻っていった。

「安全な場所で治療をしましょう」

「え、ええ。それなら……」

戸惑い気味のフェリを抱え、レイフォンは彼女の指示した場所へと急いだ。

フェリの案内で、レイフォンは比較的《ひかくてき》形を残した建物へと入った。

「早く、傷を治療しないと……」

荷物から医療《いりょう》キットを取りだし、レイフォンはフェリの服に手をかけた。

「ちょっとっ！　なにしてるんですか!?」

「なにって、早く傷を見ないと」

「それはわかってますけど、そんなの自分でできます！」

「え？　あっ……あぁっ!!」

フェリの頬がはっきりとわかるほどに赤くなっているのを見て、レイフォンは自分がなにをしているのかに気付いた。

両肩《りょうかた》にかけた手を慌《あわ》てて外す。

まるでフェリの服を強引に剝《は》ぎ取ろうとしていたみたいだ。

（いや、実際にそうなんだけど。でもそれは治療のためで、別にそんな………）

心の中で言い訳するのだが、それが言葉になってくれない。唇《くちびる》はただ無様に震《ふる》えているだけだった。

「いいからあっちを向きなさい！」

フェリに怒鳴《どな》られ、レイフォンはすぐに彼女に背を向け、目の前にあった壁《かべ》の穴に飛び込んで、隣《となり》の部屋に移動した。

ここなら、なにかあってもすぐに動ける。

「まったく……」

そう呟《つぶや》くフェリの言葉に体を小さくして、レイフォンは頭を抱《かか》えた。

（ああもうっ！　なにしてるんだろう）

情けなさが身に染《し》みてのたうちまわりそうになる。フェリが心配なのはあたりまえなのだが、さっきのことといい、冷静で的確な行動ができていない。

（っていうかちょっと、自分がわかんない）

フェリに触れなかったかと思うと、いきなり服を脱《ぬ》がそうとしてみたり……

（いや、助けようとしてたんだけど、だけど！）

やはり、冷静ではない。彼女の受けた傷は都市外でなら即座《そくざ》に治療やスーツの補修をしなければ致死《ちし》になりうるものではあるけれど、ここは仮にも都市の内部だ。そこまで焦《あせ》る必要はなかった。

それだけではない。さきほどの巨人の戦いにしても、フェリを傷つけられたとはいえ、あまりにも簡単に怒《いか》りに身を任せてしまったように思う。

そう、怒《おこ》った。

怒ることがおかしいとは思わない。しかしそれにしても、度が過ぎていたのではないだろうか。

（やっぱり変だ）

自分自身がよくわからない。

なんでこんな……いきなりわけのわからない過剰反応《かじょう》をしているのだろう？

「……どうかしたんですか？」

壁の向こうからフェリに問いかけられ、レイフォンは飛び上がって驚きそうになった。

「な、なにがですか？」

「あからさまにおかしいのに、むだにごまかさないでください」

「うっ……」

いつも通りの容赦《ようしゃ》のない言葉に、レイフォンはなにも言えなくなる。

「ここ数ヵ月、あなたの行動にはおかしな点があります」

「そ、そんな前から、ですか？」

考えていたことよりもさらに過去まで遡《さかのぼ》られてしまった。

「デルボネさんの遺産を解析《かいせき》した後からです。訓練に集中するといってアパートでの共同部分から身を引かれましたよね」

「は、はい」

「訓練に集中するという理由はおかしなものではないのですが、そのあたりからのあなたと、そしてもう一人も、動きがおかしいのです」

「………」

「……言いたくなければこれ以上は聞きません」

ここまで言われて、なにが言いたいのかわからないなんて言えない。

もう一人というのはもちろん、メイシェンのことだろう。その部分は本当になにも言えなくなる。なにもないという白々しい嘘《うそ》さえも言えない。

実際、メイシェンと鉢合《はちあ》わせてしまうと気まずい空気ができてしまう。そうならないようにお互《たが》いに振《ふ》る舞《ま》ってはいるがうまくはいっていないのが、自分たちでもわかってしまっている。

話し合ったわけではないが、なるべく顔を合わせないようにして、お互いに心の整理を付けるしかないという結論になっている。

それが、フェリやニーナたち、同じアパートに住む人たちにどう映っているかまでは考えが回っていなかった。

（うう……）

見透《みす》かされていたかと思うと、恥《は》ずかしくて死にそうになる。

（いや……）

頭を抱えたまま、レイフォンは思う。

なんだかんだで何度もこういう風に恥ずかしくて死にそうな思いをしている。そのどれもがフェリに指摘《してき》されてのことではなかっただろうか。

(ほんとに、見透かされてる)

念威端子《ねんいたんし》で常に監視《かんし》しているというわけではないはずだ。つまり、フェリの観察眼の前ではレイフォンは丸裸《まるはだか》も同然ということなのだろうし、そしてそれだけ見透かしやすいということでもあるに違いない。

「……フェリの前では隠《かく》し事《ごと》なんてなにもできませんね」

「失礼な、わたしがあなたを監視してるとでも言うんですか？」

「いや、そういうわけでは。でも、ほんとに何度もこういうことがあるから……」

「それは……」

「それは……？」

フェリが言葉を濁《にご》す。

「なんですか？」

「あなたが隙《すき》だらけの馬鹿面《ばかづら》をしているから、誰《だれ》にでもわかってしまうんです」

「うう……」

追い打ちをかけられ、レイフォンは頭を上げられなくなってしまった。

「まったく……」

この言葉をいままで何度、口にしただろうか。もはや口癖《くちぐせ》になったと言っても過言ではない言葉を漏《も》らし、フェリは壁の向こうを睨《にら》み付ける。

（どうしてわからないのでしょう？）

彼女との一件を察してしまったときのフェリの緊張《きんちょう》を、彼が理解するときはくるのだろうか？

（来ないような気がします）

あるいは、と考えたのだ。

レイフォンがメイシェンの告白を受け入れ、それが気恥《きは》ずかしくて皆《みんな》の前ではあんな態度を見せているのではないかと。

病院でフェリに見せたあの凜々《りり》しい覚悟《かくご》が、メイシェンのためにした覚悟だったのではないかと。

そんなことはないと、状況《じようきよう》を冷静に見てそんなわけがないと結論づけていても、その不安はしばらくの間、フェリの胸中から消え去ることはなかった。

そんな気持ちを理解しているのかと、胸ぐらを掴《つか》んで怒鳴り散らしてやりたい。

「………」

しかし、そんなことはしない。できるはずがない。

心の底からメイシェンが憎《にく》く、そして羨《うらや》ましく、妬《ねた》ましい。

フェリにはまだ、その勇気がないからだ。

†

フェリの治療《ちりょう》とスーツの補修も終わり、レイフォンたちは再び移動を始めた。

「あの、一気に行きますか？」

「いえ、やめておきましょう」

フェリを抱えて、レイフォンが中央へ一気に跳《と》ぶ。改めてレイフォンから申し出たのだが、フェリからの答えは拒否《きょひ》だった。

「え？　あの……」

「あんな化け物がいたんです。あれだけで終わりだとは思えません」

「ええ、だからすぐにでも中央に向かって調査を終わらせた方が……」

「いえ、こちらの念威にひっかからないというのが気になりますし。すでにこちらの目的が知れているのなら待ち構えられている可能性もあります。いまは慎重《しんちょう》に進むべきです」

「……そう、ですか」

フェリの言っていることは正しい。だがなぜか、そこに拒絶《きょぜつ》を感じて、レイフォンは胸が痛んだ。

しかし、正しい。

ここは敵地。その認識で動いた方がいいに決まっている。あんな巨人《きょじん》がいつ現われたのか、その瞬間《しゅんかん》をレイフォンも読み取れなかったのだ。ニーナと戦った無人都市での別の巨人のときと同じように、微細《びさい》な物質に散開することができるのだとしたら、どこにいても安全な場所はないということになる。

（変なことに気を取られてる場合じゃない）

意識を戦いに持っていく。そうすれば余計な考えは削《そ》ぎ落とされ、集中できるはずだ。

それにしても、どうしてあの巨人がここにいたのだろう？

あの巨人はツェルニを襲《おそ》った化け物の群と同じだ。強さからすれば第一期の老生体よりもやや弱いというぐらいか。ツェルニのときのように大群で来られれば困るが、一体二体が現われても、なによりスーツによる制限を受けない都市内であれば油断さえしなければ不利になることはない。

気になるのはそういうことではなく、同じ姿ということだ。

あの化け物の姿は雄性体《ゆうせいたい》や雌性体《しせいたい》、幼生体ではありえない。では老生体に区別するのなら、以前にも見たことがある姿というのが気にかかる。

老生体の姿は変幻自在《へんげんじざい》、以前に見たものとまったく同じ姿の老生体は、これまで見たことがない。

ツェルニを襲ったもの。そして無人都市で戦ったもの。それぞれ形の違《ちが》う巨人だけれど、同じ姿のものが同じ時にやってきたというのなら、それはそういう成長を遂《と》げた群体のものだという説明はできる。

しかしそうではない。別のタイミングで戦うとなると、同じ姿というのはおかしいのではないかと思う。

化け物を汚染獣《おせんじゅう》と完全に同じものだと断定するのは、もしかしたら間違《まちが》いなのかもしれない。

巨人たちは汚染獣ではない？

何度か考えたことがあるが、やはりそうなのかもしれない。

確証が得られない。

知っている人がいるなら教えて欲しい。

「僕たちはなにと戦っているのか」

「……え？」

「敵です。いまだによくわからない」

「それを調べるために来ているんです」

「そうなんですけどね」

フェリの返答はにべもない。レイフォンは言葉を濁すしかなかった。この話もフェリとは以前にしたことがある気がする。彼女にしても同じ話を何度も聞きたくはなかったのかもしれない。

しかし、考えずにはいられない。

レイフォンは心の中でだけ考え続けた。

目の前に敵はいる。いた。さっきの巨人のように姿は見せるが、しかしそれが本当の敵ではない。

その感覚が、実はレイフォンにはわからない。

グレンダンからツェルニまでのレイフォンの戦いは、いや、それ以前に武芸者の戦いとは、汚染獣という『目の前にある脅威《きょうい》』との戦いだった。

汚染獣には表も裏もなく、ただそこにいる敵でしかない。裏になにかの陰謀《いんぼう》が潜《ひそ》んでいるなんてことはない。

そして、都市同士の戦いもまた、類が同じ都市同士で戦うという法則や、位置関係などがあるにしてもほとんど遭遇戦《そうぐうせん》という体《てい》をなし、結局は汚染獣と戦うのとそれほど違いはない。

『目の前にある脅威』

レイフォンも、武芸者たちもそういった戦いしか知らない。

戦いの先に戦いがある。目の前の脅威のその奥に脅威を差し向けた存在がいる。そういう考え方に慣れていないために、レイフォンはその部分で現実味を持てない。

(誰が敵なのか。敵がなんなのか、それがわかれば)

また違うのかもしれない。

ニーナだって武芸者だ。レイフォンと感じ方が似ているはずだ。

それでも彼女の目に迷いがあるようには見えない。

敵が見えているからだろうか。そうなれば、レイフォンも迷うことはなくなるのだろうか？

(そうだったらいいな)

それは、レイフォンにとって願いにも等しい気持ちだった。

「……どうも、うまくいきませんね」

しばらく歩いていると、フェリがそう呟《つぶや》いた。

「どうしました？」

「敵の探索《たんさく》です。以前からの話で相手が微細な物質の集合体だと予測して探しているのですが、どうにもうまくいきません」

「念威では見つけられない敵、ということですか？」

「念威を無効化しているというのなら、特有の、普段《ふだん》は経験しない感覚があるはずなのですけど、それもない。かといって欺瞞《ぎまん》情報にすり替《か》えられているのだとしたら、それはそれでやはり違和感《いわかん》があるはずなのですけど、それもない」

呟くフェリが自分の指を噛《か》む仕草を見せた。

（ああ……）

探査がうまくいかなくて苛立《いらだ》っていたんだ。

納得すると、少し安心した。もちろん、事態はなにひとつとしてよくなっていないのだけれど。

「困りましたね」

フェリが続けて呟く。

「このままでは、安心して中央で調査できません」

「そうですね」

調査そのものにどれくらいの時間がかかるかもわからない。それに、いつ敵に襲われるかわからない状態では、フェリだって集中できないだろう。

「どうします？　どこかに待機して安全を確保してからにしますか？」

「そうですね。……レイフォン、あなたが決めてください」

「え？　ええ!?」

「どちらを選んでも正解とは言い切れません。それなら、あなたが判断すべきです」

あなたが行くと決めたのだから。言外に潜んだフェリの意思にレイフォンは口ごもってしまった。

「う、ううん」

悩《なや》む。悩むが、フェリの言っていることは正しいのだから、決断しなくてはいけない。

「それなら、とりあえず今日は様子見で、それで改善されなかったら中央に行くというのは？」

「優柔不断《ゆうじゆうふだん》な気もしますが」

「うっ」

「しかし、安全確保を優先しすぎてなにもできないというのも問題です。期限を切るというのは妥当《だとう》な判断でしょう」

「それなら、そんな言い方しなくても……」

「選んだ判断が妥当でも、それを選んだ根拠《こんきょ》が優柔不断だと言いたいのです」

それはそうかもしれない。

本当に見透《みす》かされているなと、レイフォンは冷《ひ》や汗《あせ》の出る思いだった。

結局、今日はそれほど進むことができなかった。再び安全そうな場所を見つけてそこにとどまったレイフォンたちだが、フェリの探査が進んでいるようには見えなかった。

レイフォンは念のために周囲に鋼糸《こうし》を撒《ま》き、防御《ぼうぎょ》の陣《じん》を形成しておく。

そうしてしまうと、もうやることはなかった。フェリは探査に集中していて話しかけられる雰囲気《ふんいき》ではない。かといって己《おのれ》の内面を探る作業に、さすがのレイフォンも疲《つか》れてしまっていた。答えはもうわかっている。向かうべき先になにがあるのかを見定めなければならない。そのためにここにいる。この繰《く》り返《かえ》しにしかならない。だからできるだけ考えないようにしたいのだが、しかしやることがなければ考えてしまう。

緊張《きんちょう》が抜《ぬ》けているわけではない。ただ、緊張状態でも考えることはできる。なにより長期的に緊張状態を維持《いじ》するためには、ある程度の余裕《よゆう》は残しておかないと気持ちが保《も》たなくなる。

心の探索に時間を割かないとすれば、できることはなにか？　結局は思考を遊ばせるしかないのだが、レイフォンは夕暮れに染まりつつある廃都《はいと》を見上げた。

ここは個人宅だったようだ。窓は破れ、風は我が物顔で屋内をすり抜けていく。湿気《しけ》たソファに座り瞑想《めいそう》するフェリを横目に、レイフォンはガラス片を払《はら》った窓枠《まどわく》によりかかり、外を眺《なが》めている。

夕焼けの朱色《しゆいろ》はレイフォンに炎《ほのお》を思い出させた。記憶《きおく》は、以前にこの廃都を訪れたときのことを探っていた。当時はツェルニにとってただ一つだったセルニウム鉱山の近くに他の自律型移動都市がいる。その不審《ふしん》を調査するためにニーナたち第十七小隊と、ゴルネオの小隊が向かった。

ゴルネオはグレンダンの出身であり、そして天剣《てんけん》授受者サヴァリス・ルッケンスの弟でもあった。そして、レイフォンの罪を暴いたガハルド・バレーンと兄弟弟子でもあった。彼はレイフォンに恨《うら》みを抱《いだ》き、それに呼応したシャンテが暴走し、二人は戦った。

あのときにはあんな化け物は現われなかった。どうしていまになって現われたのか？　いつからいたのか。以前のときからか、あるいはその後か？

疑問を脳裏《のうり》で点滅《てんめつ》させつつ、記憶はゴルネオとの戦いに至っていた。

このとき、レイフォンの記憶と眼前の思考が同じ色に染まった。

「そうだ。おかしい」

「どうしました？」

フェリが目を開け、レイフォンを見る。

「この都市ですよ。おかしいんです」

「おかしいのははじめからわかっています」

「いえ、そうじゃなくて……」

フェリも気付いていないとは……いや、あのときの彼女はシャンテに気絶させられていて、事態をうまく把握《はあく》できていなかったのかもしれない。

「はっきり言ってください」

「エアフィルターです。生きてるはずがないんですよ」

「え？」

「前にここに来たときのこと、覚えてませんか？　爆発《ばくはつ》してるんですよ、都市の機関部が」

「あ……」

レイフォンの言葉で、フェリもようやく思い出したらしい。

暴走したシャンテとの戦いで、都市機関部に残っていた液化セルニウムは爆発をしてしまったのだ。

爆発のすぐそばにいながらレイフォンたちが無事でいられたのは、パイプを流れる液化セルニウムが全て《すべ》引火しないよう、万一のための安全機構が存在し、機能していたからというのもあるだろうが、それ以前にその程度の液化セルニウムしか残されていなかったという証拠《しょうこ》でもある。

最後のエネルギーを爆発で失っているのに、エアフィルターが動いているはずがない。たとえエネルギーが残っていたとしても、都市機関部の外壁《がいへき》に大穴を開けた状態で動き続けていられるとは思えない。

なにより、フェリは言ったのではないか、前回のときとそれほど大きな違《ちが》いはないと。

あのときのフェリは爆発のことを忘れていた。

「それなら、この都市は」

驚《おどろ》いた様子のフェリを前にして、レイフォンはどんな小さな変化も逃《のが》さないよう意識を研《と》ぎ澄《す》ませた。

「理屈《りくつ》はわかりませんけど、誰《だれ》かが直してあのときと同じ形に偽装《ぎそう》しています」

敵はいる。そしてレイフォンたちが気付いたことを知ったはずだ。

「なんのために?」

「そんなの……僕にわかるわけないじゃないですか！」

顔をしかめるフェリを、武芸者の速度で移動したレイフォンが腕《うで》を回し、抱《かか》え上げる。跳躍《ちょうやく》する。

先行した鋼糸が廃墟《はいきょ》の天井《てんじょう》を切《き》り裂《さ》き、レイフォンたちを空へと解放する。

その足下で異変は生じていた。周囲の建物や地面が崩壊《ほうかい》し、あの巨人《きょじん》を形作ろうとしているのだ。

「……もしも微細《びさい》な物質というものが本当の意味で変幻自在《へんげんじざい》なのだとしたら」

鋼糸の防御陣《ぼうぎょじん》を発動させるレイフォンの腕の中で、フェリが呟く。

「この廃都の機能を取り込み、再現しているのだとしたら」

足下に現われていた巨人たちは、鋼糸の防御陣の前にあえなく切り裂かれていく。だが、レイフォンはフェリの言葉を耳にして怖気《おぞけ》を感じていた。

自分の周りにある全てが巨人になり得る。

それはもはや、化け物の腹の中にいるのと同じことだ。

†

ヴァティは顔をしかめた。擬態《ぎたい》プログラムは順調に向上していき、このような表情を遅《ち》滞《たい》なく、そして間違《まちが》いを犯すことなく作り出すことができるようになった。

だが少し、タイミングが悪かった。

「美味《おい》しくなかった？」

「いえ、大変美味しいです」

「そう？」

「大丈夫《だいじょうぶ》です」

メイシェンの新作を試食しているときだった。不安げな面持《おもも》ちになる彼女を安心させるのに苦労する。表情を作れるようになった次の課題は、表情の抑制《よくせい》判断能力の向上だと考えながらメイシェンの新作を味見する。

これだけはいまだに批評できない。

人の嗜好《しこう》というのは難しく、絶対の正解というものは存在しない。しかし、表情の問題がある程度片付いたいま、独自の味覚を構築するというのも候補に挙げておくべきだろう。

いまは、夕方だ。

通う人間の少ない区画にあるだけに、店に直接やってくる客は滅多《めった》にいない。いたとしてもアパートの住人たちをはじめとした顔見知りがほとんどという状態で、メイシェンはゆったりとした時間を過ごし、新作の味を確認して過ごしているように見えた。

実際、彼女はかなり立ち直ってきているように見える。ヴァティに見せる笑みが作り笑いではないことは、表情筋の動きから判明していた。

なにより、彼女の親友であるミィフィとナルキの会話からもそれは判明している。

そろそろ……その刻《とき》がきているのかもしれない。

そう考えるなら味覚の確立は無意味なことになる。だが、ヴァティは無意味だからとそれを切り捨てることはしなかった。

人間というものが総体でのみ判断することが不可能であるという結論には、すでに達している。すくなくとも、レヴァンティンの欲《ほっ》する『人間像』を手に入れるには。それは学術的な見地からの人間ではなく、感情的な面での人間への憧憬《どうけい》だからだ。人間という総体の中から人間を抽出《ちゅうしゅつ》する。それは奇怪《きかい》な行為《こうい》だったが、機械の彼女は疑うことなく猛進《もうしん》を続けている。

彼女がただのナノセルロイドという機械人形ではなく、レヴァンティンという、思考し、試行するものとなったときから、彼女の目指す先はそこしかないからだ。

「ふうん？　ちょっと香《かお》りがきついかな？」

自身でも試食したメイシェンの呟《つぶや》きに答えながら、ヴァティは別の問題を同時進行で片付けていた。

がいた。


廃都での問題だ。

あの都市にははるか以前に一度、月とこの世界との連結に成功した際に送り込んだ分体がいた。


いた、と過去形で語るのにはわけがある。

送り込んだものの、十分な情報収集も満足に行えないまま、連結した先にいた都市の武芸者との戦いで破壊《はかい》されてしまったのだ。

連結が途切《とぎ》れたこともあり、ヴァティはその段階で分体の継続《けいぞく》行動は不可能であると判断し、そのときに実行しようとした作戦は中止した。自身がこの世界への侵入《しんにゅう》に成功した際も分体の生存確認をしたりはしなかった。


だが、分体は生きていた。

いままでの情報収集では、休眠《きゅうみん》状態となっていたために気付かなかったが、彼らが近づいたために活動状態へ移行したことで、ヴァティの情報網《じょうほうもう》にひっかかることとなった。

仮に《レヴB》と呼称《こしょう》したこの分体に対し、ヴァティはまず接触《せっしょく》を図った。断絶した間になにがあったのかを知るためであり、回収し、制御《せいぎょ》下に置くためである。

ツェルニから飛び出し独自に情報を収集しようとする彼らを妨害《ぼうがい》するためだ。できれば大人しくしていて欲しいとヴァティは考えていた。

（《レヴB》、こちらはナノセルロイド・マザーI・レヴァンティン。現状の報告をせよ）

客の来ない店内で、メイシェンのケーキを摘《つま》み、お茶を飲みながら、ヴァティは事務的に《レヴB》を解体すべく接触を行う。

だが、その反応は予想外だった。

（……ザザッ……………………）

（《レヴB》返事をせよ）

（マザーI…………ザザッ）

通信にノイズが走っている。通信を阻害《そがい》するものはなにもないはずの状態でこれはおかしい。

（独自に機能更新《アップグレード》したのですか？　まずはこちらの通信規格を受け入れなさい）

（……ザザッ、マザーI。応答せよ。作戦をなぜ停止している？）

（独自基準による判断です。わたしと統合すれば解決します）

本来ならばこんな通信も必要ない。あちらは分体なのだ。本体であるヴァティに逆らえるはずがない。

だが、断絶された状態で独自に情報収集させるために与《あた》えた権限が、分体の独自進化に独立の気風を混ぜ合わせたのかもしれない。上位存在であるヴァティの命令に対しても、

行する)

《レヴB》は頑《がん》として核《かく》部分への接触を通信に限定し続けた。

(その提案は却下《きゃっか》する。マザーIよ、あなたが作戦を遂行《すいこう》しないならば、私が代わりに遂行する)

(待ちなさい。あなたの権限と能力では不可能です)

(いいえ、マザーI。私はこの日のために自己を改良してきた。決して不可能ではない)

《レヴB》の反応は頑《かたく》なであり、ヴァティはなんとかわずかに開かれた通信から相手の核へと侵入して制御権を奪《うば》えないかと試したが、結論が出るよりも早く通信は完全に閉じられてしまった。

「ヴァティ……どうかした?」

「……はい? なんでしょうか?」

「ぼうっとしてたけど、気分が悪かったりする?」

「いえ、そんなことはありません。それより、わたしはぼうっとしてましたか?」

「うん。カップ見つめたまま動かないんだもの。……なにか、悩《なや》みとかあったりするの」

「いえ、そのような……」

悩み……厄介《やっかい》な問題が噴出《ふんしゅつ》してはいるが、それをメイシェンに話すことは妥当《だとう》ではない。

ヴァティが言葉を濁《にご》していると、メイシェンの視線が動いた。店の外のなにかに反応し、それを視線で追おうとして、そして気のせいと気付いて失望した。そういう顔だ。

振《ふ》り返《かえ》る必要もなく、そこにはなにもない。ただ、都市の脚が陽光を遮《さえぎ》りそれによって影《かげ》が大きく動いたために、彼女は店の前を誰かが通り抜《ぬ》けたと錯覚《さっかく》したのだ。

ため息を吐《つ》き、そして寂《さみ》しげに、後に苦笑を混ぜ込んで表情を変化させるメイシェンに名残《なごり》を見出《みいだ》し、ヴァティはなにもないとわかっていながら振り返る。

「どこに行ったんだろうね？」

背中にかかるメイシェンの言葉は、レイフォンたちのことを指している。二日前からレイフォンとフェリが姿を消したのだ。

ニーナたちはハーレイから事情を聞いているはずだが、メイシェンには打ち明けられていない。

メイシェンに心配させたくないという気遣《きづか》いなのか。しかし騒々《そうぞう》しさは嫌《いや》でも同じアパートにいるメイシェンにも伝わっている。

しかし、レイフォンがどこにいるかを知りながら、それをメイシェンに教えないヴァティもまた、ニーナたちと同じなのかもしれなかった。

†

跳躍したレイフォンの足下で、巨人は次々と湧《わ》き現われる。

「これは……」

化け物の腹の中……そう想像はしたものの、実際にそれを目にした驚愕《きょうがく》は体が痺《しび》れるかのようだ。

周囲にあった半壊《はんかい》の建物が倒《たお》れ、道路に散らばっていた瓦礫《がれき》が崩《くず》れ、道路が溶《と》けていく。

そしてそれが一つになり、形を変え、多数となり、巨人を生み出す。

次々と、次々と。

それは幼生体が湧くかの如《ごと》く。

「くっ！」

フェリを抱《かか》えて跳躍《ちょうやく》したレイフォンは、防御陣《ぼうぎょじん》が足下の巨人《きょじん》たちを駆除《くじょ》していく感触《かんしょく》を確かめつつ、鋼糸を都市中に撒《ま》く。

迂闊《うかつ》に足を地に着かせることもできない。空中に居続けるようにしなければ……そう考え、高所に鋼糸を配していく。近場では高層の建物、遠方では都市の脚《あし》へと鋼糸をかけて蜘蛛《くも》の巣《す》のごとく張《は》り巡《めぐ》らせていく。

特に、都市の外縁《がいえん》部から覆《おお》うように伸《の》びる脚に鋼糸をかけておけば、どこにだって移動できる足場を確保できる。

「フェリ、状況《じょうきょう》の確認を……っ！」

鋼糸に走る感覚の急変にレイフォンは言葉を切って、そちらを見た。

都市の脚だ。

「そんな……」

都市の脚から巨人が現われている。上半身のみを脚から生《は》やした巨人は、そこに巻き付けていた鋼糸を摑《つか》み、レイフォンを引き寄せようとしている。

「くそっ」

他の鋼糸を向かわせ、巨人を薙《な》ぎ払《はら》う。

「安定させられない、か」

この様子では都市のどこからでも巨人は現われる。さらに相手が元来微細《びさい》な物質の集合体だというのなら、極細の鋼糸を捕捉《ほそく》していてもおかしくない。

「このままではいつエアフィルターを切られるかわかりません。フェリ、ヘルメットはいつでも着けられるように」

「は、はい」

フェリの緊張《きんちょう》した声を聞きながら、レイフォンは鋼糸を撒けるだけ撒き散《ち》らす。視界にあるあらゆる物質から巨人は生えてくるが、都市そのものが崩壊《ほうかい》する様子はない。

だが、外見は確実に変化していく。

周囲に散らばっていた瓦礫や建物の残骸《ざんがい》が、砂が流されるように消えていく。それらが集《つど》い巨人はできあがっていき、瓦礫や残骸が消え去った後の都市の様がレイフォンたちの前に晒《さら》されていく。

蔦《つた》状の植物が圧縮されてできあがったかのような有機プレートがまず目に入る。だが、それも少しずつ解《ほぐ》されていき、あちこちに穴ができあがり、網目《あみめ》状となる。

網目の下には都市の基礎《きそ》そのものである鉄の骨が覗《のぞ》き見《み》えていた。

「都市の骸骨《がいこつ》……」

レイフォンの位置から全体が見えているわけではない。だが、ほんのわずかに見える部分がその状態になり、そしてその状態が広がっていく様は自律型移動都市《レギオス》が急速に風化していくようでもあり、そして、なにか別の生き物に変化していくようでもあった。

骸骨でもあり、ホラームービーにでも出てきそうな骨の化け物のようでもあった。

化け物が従えるのは、化け物だ。

巨人たちは網目に落ちないよう、整然とした隊列を保って移動し、空を駆《か》けるレイフォンを追いかけてくる。

「これは……罠《わな》？」

自分たちは罠にはめられたのだろうか？

しかし、はめたとしたら誰《だれ》が？　なんのために？

「そんなわけがありません。ありえない」

「わかってますけど」

フェリに一蹴《いっしゅう》されても、そうだよなとしか思えない。自分たちはいまだなにもわかっていないのだ。そんなレイフォンたちを陥《おとしい》れる理由があるはずがない。

なにより、これはデルボネの記憶《きおく》に従った結果だ。それを疑うということはデルボネを疑うということで、その点でもレイフォンにとってはありえない考えだった。

だが、窮地《きゅうち》にいることは確かだ。

「おそらく、デルボネさんの記憶にある化け物がこれだったのでしょう」

「生き残ってた？」

「それしか説明のしようがありません」

「どうします？」

「どうします？　とは？」

「目的のものです。まだあると思いますか？」

「ないと考えるのが妥当ですが……しかしそれでは」

なければ、レイフォンたちの努力が水泡《すいほう》に帰す。他《ほか》になんの当てもない以上、これを逃《のが》せば、もうニーナに直談判《じかだんぱん》するしかない。

しかし、覚悟《かくご》を決めたニーナが話すとは思えない。

「くそっ、こんなことで……」

足を止めて、なにもなせないままで、それでニーナに信頼《しんらい》されるのか？　彼女たちがそこまで強くならなければならない戦いで、レイフォンはなにかができるのか？　こんな、まるで前に進めていないような気持ちのままで、誰かのためになにかができるのか？

「フォンフォ……レイフォン、落ち着いてください」

「フェリ」

「まだ、ないと決めるのは早いかもしれません」

フェリの言葉は、それを言う彼女の表情に気休めはないように思えた。

「探してみます。レイフォン、耐《た》えられますか？」

「……あたりまえです」

自分でも驚《おどろ》くほど、すぐに言葉が出た。

「……ですよね」

「いくらだって、いくらでも。必要ならこいつら全部倒すことだって」

それで辿《たど》り着《つ》けるのなら。

「では、お願いします」

背筋が震《ふる》えた。歓喜《かんき》が駆け抜けた。

フェリは冗談《じょうだん》だと受け取らなかった。それが、レイフォンは嬉《うれ》しかった。

冗談で済ませる気はない。それが必要なら、それで目的に辿り着けるなら。

その可能性があるのなら。

レイフォンは自らが張り巡らせた鋼糸の上を疾走《しっそう》する。

あちこちから湧き上がる巨人は鋼糸を引きはがそうともしている。それらの駆除を行ってはいるものの、対応し切れているとはいえない。

おかげで鋼糸は何度も張りを失い、落下しそうになる。

それでも、走る。彼らの上空にいるとはいえ、一カ所でじっとしていればなんらかの手を打たれるかもしれない。

そんなことを考えている間にも、懸念《けねん》は現実のものとされてしまった。

風の唸《うな》りに足を止めると、レイフォンは視線を向けるよりも早く鋼糸で足下に防御《ぼうぎょ》の陣《じん》を張った。

していく。

「くっ！」

伝播《でんぱ》してくる感触は激しい。いくつものなにかが防御陣に食らいつき、その勢いで自滅《じめつ》

一つが、防御陣をすり抜けた。

レイフォンは避《よ》けつつ、鋼糸をそれに巻き付ける。

「……槍《やり》？」

突《つ》き抜けようとするそれを強引に押しとどめて確認したレイフォンは、呟《つぶや》いた。

棒の先を尖《とが》らせたような質素な形だが、内在する質量は凄《すさ》まじく、勢いとあいまって鋼糸から伝わった衝撃《しょうげき》が腕《うで》を痺れさせている。

下を見る。

そこでは巨人たちが片腕《かたうで》を突き上げてレイフォンに向けている。

だが、その腕は先ほどまでとは違《ちが》う。異常なほどに太くなり広げた五指の間に穴が穿《うが》たれている。

槍は、そこから吐《は》き出されたのか？

「くそっ」

レイフォンは再び走り出す。見ている間にも、腕を上げる巨人たちの数が増していった。

その腕が見る間に膨《ふく》らみ、掌《てのひら》に穴が開くのを確認してしまった。

ドッ！

先ほどまでレイフォンがいた場所に無数の槍が突き抜けて行く。それはもはや、一つの巨大《きょだい》な柱の如くだ。レイフォンの勁《けい》に支えられた鋼糸はギリギリで持ちこたえたが、大きく撓《たわ》み、レイフォンを弾《はじ》き飛ばした。

「きゃあっ！」

フェリの悲鳴が胸を震わせる。レイフォンは宙で身を捻《ひね》り、鋼糸を操る。足場を再び固定させながら、突き抜けた槍の群を薙ぎ払い、足下の巨人たちにも牽制《けんせい》の鋼糸を振《ふ》るう。

槍は移動するレイフォンを追いかけて発射され続けている。それは噴水《ふんすい》というよりも天地が逆転した雨のようだ。

レイフォンは走る。

かつて、グレンダンで降りしきる化け物を足場としてデルクと戦ったことさえある。固定しきれていないとはいえ自らの鋼糸で作った足場を駆けているだけ、いまの方がマシだ。

ただ、フェリを抱えているのが、以前とは違う。念威繰者《ねんいそうしゃ》の体は一般人《いっぱんじん》のそれと変わりはない。武芸者の高速移動に耐えるようにはできていない以上、走り続けるということはできない。

なので、足を止めて、速度を緩《ゆる》めての迎撃《げいげき》戦も演じなければならない。

群がる槍は柱となる。

今度は比喩《ひゆ》ではない。

それぞれの巨人から放たれた槍が中途《ちゅうと》で合流し、融合《ゆうごう》し、一つとなってレイフォンに迫《せま》ってくる。

「ちぃぃ」

極細の鋼糸は生半可《なまはんか》な質量の攻撃《こうげき》では切れない。無理に押し破ろうとすれば己《おのれ》の勢いで切断される運命となる。

それを打ち破る、極大の質量。

レイフォンはその場で耐え凌《しの》ぐ構えを見せると、剄を注ぎ込む。

鋼糸によって廃都《はいと》の上空にできあがった巨大な蜘蛛《くも》の巣《す》が、レイフォンの剄を受けて青く輝《かがや》く。巨槍は蜘蛛の巣を引きちぎらんと天を目指すが、鋼糸は大きく撓みつつも、耐える。

「ぐぅ……」

唸り、レイフォンは剄を注ぐ。鋼糸の強度はレイフォンの剄にかかっている。ここで音《ね》を上げるわけにはいかない。なによりこの足場を破壊《はかい》されるわけにはいかない。レイフォンだけならばまだしも、フェリを抱《かか》えたままで巨人《きょじん》たちと戦うには、どうしても安全圏《けん》が必要となる。

「はっ！」

レイフォンの気合いが廃都を駆ける。剄光《けいこう》は蜘蛛の巣を飾《かざ》り、剄圧《けいあつ》が眼下の巨人たちに牙《きば》を剝《む》く。

無論、巨槍にも。

巨槍の突進《とっしん》によって引き延ばされた蜘蛛の巣は、円錐《えんすい》の形に近くなっていた。巨槍は円錐を形作る芯《しん》の役目を果たしているということになる。

そこに、剄が収束する。レイフォンの放つ膨大《ぼうだい》な剄がその空間に集中し、剄圧が巨槍を覆《おお》い尽《つ》くす。

巨槍は瞬《また》く間《ま》に圧壊《あっかい》し、その際に生じた爆発《ばくはつ》とともに円錐の底、つまり眼下の巨人たちに向かって放たれる。

巨槍を構成していた物質が散弾《さんだん》となり、剄の圧力とともに放散される。

連続する爆発が巨人を呑《の》み込み、崩《くず》していく。

「よしっ！」

反撃《はんげき》の方策はたった。レイフォンは再び鋼糸の上を走り出す。

槍はいまでも放たれているが、さきほどの反撃を警戒《けいかい》してか、巨槍となることはなかった。

「フェリ……どうですか?」

「待ってください、もう少し……」

フェリの返答は予想していたものとは違う。失望ではなく、希望の方向でだ。詳《くわ》しく聞く余裕《よゆう》があるはずもなく、レイフォンは走り、槍を薙《な》ぎ、足場の保持のために鋼糸を躍《おど》らせる。

「……この都市を構成する物質単位で探査すれば、たしかにこの化け物の存在は認知できます」

疾走の中で、なかば独り言めいたフェリの呟きが聞こえてくる。

「この都市を構成する九十九パーセント以上がその物質に成り代わられています。つまり、すでにこの都市そのものが化け物であるといっても過言ではありません」

「…………」

化け物の腹の中……そう想像したのが、まさしくその通りだった。レイフォンは言葉もない。

しかし、悲観もしていない。

なぜなら、彼女は呟いているからだ。

否定を口にしていないからだ。

なにかの結論に辿り着こうと、フェリは呟いているに違いない。そう信じていた。

「つまりは残りの小数点以下。いまだ手出しをされていない微笑《びしょう》の存在こそが、調べる価値がある存在だということとなります」

「それは、どこに？」

「中央、地下」

「わかりました！」

「レイフォ…………っ！」

聞いた瞬間《しゅんかん》、レイフォンはフェリを天高く放り上げた。驚きの声までもが空へと昇《のぼ》っていく中、レイフォンは眼下に視線の矢を落とす。

「……ただ逃《に》げ回っていただけと思うなよ」

鋼糸を撒《ま》き、この足場という安全地帯を確保する傍《かたわ》ら、さらなる陣をこの都市全域に編み上げていた。

後は剄を奔《はし》らせるのみ。

レイフォンは躊躇《ちゅうちょ》なく、握《にぎ》りしめた錬金鋼《ダイト》に剄を叩《たた》きつけた。

繰弦曲《そうげんきょく》・天ノ叢蜘蛛。

鋼糸の足場を駆《か》け回り、防御の隙《すき》を突いて編み続けた罠《わな》。

それはどこに潜《ひそ》んでいたのか？

蜘蛛の巣の、中央だ。

そこに生まれていた、糸玉が巣から分離《ぶんり》して落ちる。

儚《はかな》い糸玉であるにもかかわらず、それは戦場の乱風にかき回されることもなく都市の上空からその中央へと、ぽとりと落ちる。

落ちて、絡《から》みに絡んだ糸玉が解《ほぐ》れた。

解れて、開く。

そこから弾《はじ》けるようにして飛び散るのは大量の鋼糸だ。開いた糸玉は爆発する勢いで鋼糸を広げ、巨人たちを薙《な》いでいく。

かつて、ツェルニを同じように巨人たちが蹂躙《じゅうりん》したとき、現われたリンテンスがそれらを薙ぎ払ったときに使った剄技《けいぎ》、それもまた、この天ノ叢蜘蛛だ。

奇《く》しくもあのときの再現がここで行われる。

巨人たちを薙ぎ払っていく。

斬々《ざんざん》と、巨人の身を四つ八つに引《ひ》き裂《さ》き、剄圧によって吹《ふ》き飛《と》ばし、その熱によって焼き尽くしていく。

レイフォンの持つ膨大な剄があの日とはまた違う光景を生み出していく。

斬滅《ざんめつ》させ、焼滅《しょうめつ》させていく。

「きゃっ！」

落下してきたフェリを受け止める。

ゴッ！

「ぐはっ！」

いきなりの額への一撃《いちげき》に、レイフォンは鋼糸の足場から滑《すべ》り落ちそうになった。

「いきなりなにするんですか⁉」

「す、すいません」

「今度から、一声かけてください」

「気をつけます」

一声かければいいんだ……と内心で思いながら眼下を見る。天ノ叢蜘蛛はいまだにその勢いを広げ、巨人たちを薙ぎ払っていく。

そのため、中央部を中心とした空白地帯が生まれていた。

「いきます」

「はい」

フェリを抱え直し、レイフォンは中央に向かって飛び降りた。

†

決断を迫られているのかもしれない。

一人、味気のない部屋で腰《こし》を下ろしヴァティは考える。

廃都にいる《レヴB》のことだ。

「独自の判断を行うというのは予想の範囲《はんい》内でしたが、《レヴB》内の目標設定が当時のものよりも以前の状態となっているのが気になります」

彼女以外には誰《だれ》もいない。だが、ヴァティの独り言は続けられる。

「破壊された際にデータまで破損した可能性はあります。その際の修復で目標設定が過去のものとなっているのならば、いまの《レヴB》の行動はおかしなものではない？」

結論は、厄介《やっかい》なことになった、だ。

「止めなければなりません、が」

その方法はある。いまからヴァティ自身が現地に向かい、制圧。その後に《レヴB》と合流するも良し、完全破棄《はき》するも良し、だ。

どちらであれ、このままにしておくことがもっとも状況《じょうきょう》を悪くするだろう。あそこにいるレイフォンとフェリ、二人が危機を凌《しの》ぎ続け、そして《レヴB》が核《かく》部分を晒《さら》すことにでもなれば……

「外見の基礎《きそ》データの更新《こうしん》を禁じているのは失敗でしたか。しかし……」

あるいはヴァティが何者なのかを知られてしまうことになるかもしれない。

「ここを騒《さわ》がせたくはないのですが……」

すでに彼の必要性は失われている。生かして帰さなければそれでいいのだが……

「そうなる前に片付けることが理想ではありますね」

決断を迫《せま》られているのかもしれない。改めて、ヴァティはそう思う。

結論は、もう出ているのではないか。メイシェンを見ているとそう思わないでもない。

「失われたものは戻《もど》らない。ただ、未練のみが残る」

レヴァンティンとは、その未練によって生まれ、そして……

「未練とは、かき消さねばならないもの。乗《の》り越《こ》えなければならないもの」

乗り越えられないまま未練に取《と》り憑《つ》かれ、抜《ぬ》け出せない男が拵《こしら》えた、慰《なぐさ》み物《もの》でしかない。

慰み物にすらもなれなかったのがレヴァンティンという名のナノセルロイドだ。

「それならば後は、己の役目に従うのみの機械でいいのではないでしょうか？」

問いは己に投げかける。

だが、答えるべき己には答えがない。

ヴァティは沈黙《ちんもく》を続ける。

その答えを見出《みいだ》すまで身動きができない。

†

レイフォンたちは中央に降り立った。

「それで、どこに？」

巨人《きょじん》たちの残骸《ざんがい》はない。切《き》り裂き、剄の熱で焼かれると、巨人たちは溶《と》けるようにして消えていった。

倒《たお》し切れていないのだとすれば形を変えて襲《おそ》ってくるかもしれない。地上に降りてもフェリを抱《かか》えたまま、周囲を確認する。

中央部は驚《おどろ》くほどにきれいだった。巨人たちが残骸から生まれたためもあるだろうが、網目《あみめ》状になることもなく真っ平らな空間が広がっている。

「ここの地下でしたよね？」

「ええ」

フェリの答えを聞き、レイフォンは鋼糸を先行させ新たな防御陣《ぼうぎょじん》を形成しつつ地下へと向かう。

建築途中《とちゆう》の建物のように鉄骨が縦横を走る中、レイフォンとフェリは降下する。巨人はそこかしこにいるが、さきほどの繰弦曲の影響《えいきよう》ですぐに戦いになる距離《きより》にはいない。しかし、遠距離《えんきより》からの槍《やり》による射撃《しやげき》は続いている。

先行させた鋼糸の防御陣はそれらを防いで火花を放っている。それを見ながら、レイフォンは途中の鉄骨に着地した。

「どこですか？」

「待ってください。……これは？」

「フェリ？」

「移動している？」

「え？」

「下で変化が……？　逃げて！」

問い返すこともなく、レイフォンは跳《と》ぶ。

鋼糸が異変を察知したのは跳躍《ちようやく》してからだ。はるか下方で風が渦《うず》を巻いている。砂を含《ふく》んだような感触《かんしよく》は、巨人を構成しているものがあるからだろう。

地下の全体ではなく、レイフォンたちの足下でのみ起こっているかのような風だ。嫌《いや》な予感がレイフォンを震《ふる》わせる。

轟《ごう》。

下で渦を巻いていた風が上昇《じょうしょう》する。それは、風そのものが生きているようでもあり、なにかより強大なものに押し上げられているかのようでもある。

そう感じた二つが、そのまま事実だ。

なにかがいる。

なにも見えない。だが、鋼糸が伝える情報、そして数多《あまた》の汚染獣《おせんじゅう》と戦ったレイフォンの肌《はだ》感覚がそれを伝えている。

それが、実際に目に見えた瞬間、レイフォンは狼狽《ろうばい》した。

「なっ！」

ついさっきまで、確かにそれはなかった。

壁《かべ》が現われた。あるいは床《ゆか》か。

突如《とつじょ》として、そこに潔癖《けっぺき》の白が現われ、せり上がっていくのだ。

「くうっ！」

風は、せり上がる広大な床に押されて吹き荒《あ》れている。レイフォンの体はその風に押しのけられ、フェリともども弾《はじ》き飛ばされた。

そのまま飛ばされる……というわけにもいかない。お互《たが》いの声が風で押《お》し潰《つぶ》される中、レイフォンは鋼糸を撒いて自分たちを固定する。

狂奔《きょうほん》する風は巨人たちをも容赦《ようしゃ》なく巻き込み、吹き飛ばしていった。

それほどの質量が眼前に現われ、突《つ》き上がっていく。

「なんだ？」

「塔《とう》？」

驚くレイフォンの胸で、フェリの声がスーツを震わせる。

「塔？」

風圧に振《ふ》り回されながらレイフォンは問い返した。

「はい。おそらくは塔です。あるいは塔に近い形状をした高層建築物。……あなたを撲殺《ぼくさつ》するためだけにこれだけの巨大《きょだい》なものを作る意味はありません」

「……それはそうですけど」

しかし、建物？

なんのために？

「ともあれ、目的のものはこの塔の内部に移動してしまいました」

「ええ!?」

「なんですか？」

「いや、それって敵にとってもかなり大事なもの……ということになりませんか？」

「……おそらくはそうですが、なんですか？　いまさらそんなことに気付いたんですか？」

「いまさらって……」

「あちらはこの都市を百パーセント、自分たちの物質に塗《ぬ》り替《か》えるだけのことができるはず。それをしていないということは、できないか、せずに保持したいかの二択《たく》しかないでしょう」

「うっ……」

「……いえ、いいです。こんなことに驚いたわたしの方が愚《おろ》かなんですよね」

「うぅ」

「ええ、レイフォンに武芸以外を求めるのは間違《まちが》いなのでしょう」

「そ、それぐらいで、勘弁《かんべん》してください」

そんなことをしている間にも、塔はさらに伸《の》び、レイフォンの視界を白で埋《う》め尽《つ》くす。

周囲の鉄骨を破砕《はさい》し、自らを為《な》す一部として吸収しながら伸び上がっていく。

もはや、レイフォンの位置からは端《はし》がどこにあるのかを確認しきれない。上を見れば圧《あっ》倒《とう》するほどに広く見えたはずの天頂部分が針の先のようだ。

「高いですね」

「天頂部分はエアフィルターを超《こ》えました」

「……フェリ、ヘルメットを」

そう言い、レイフォンもヘルメットを被《かぶ》る。

「ふっ！」

ヘルメット内で息を放ち、心の内にいまだ残っている驚きを払拭《ふっしょく》する。フェリの罵倒《ばとう》が呑《の》まれかけたレイフォンを立ち直らせた。

「いつもかな」

「……なにか？」

「いいえ！」

いつも、フェリに助けられている。

念威繰者《ねんいそうしゃ》として、仲間として、友人として側《そば》にいてくれる。

その存在が心を軽くしてくれる。風を読んで跳躍したレイフォンの体もまた、軽かった。

以前に放った足場もこの塔の上昇によって破られてしまっている。だが、その名残《なごり》はある。跳躍の中でそれらの鋼糸を使い、新たな足場を塔の天頂を目指す雲梯《うんてい》として構築する。

天頂までの道のりは長い。だが、すでに足下にいる巨人たちがレイフォンを阻《はば》むことはない。

疾走《はし》る。

それなら、あるのはただ長いというだけの道だ。

武芸者の疾走を前に、それはなんの障害にもならない。

ほどなくして、レイフォンは塔の天頂に辿《たど》り着《つ》いた。

伸び続ける塔は不安定で、レイフォンは低く構える。

「フェリ、正確な場所は？」

「少し待ってください。探りたいところですが、別の反応が」

「え？」

これだけの変化が起きている中で、あえてフェリがそう言うのだ。無視はできなかった。

「構造物内で超高《ちょうこう》エネルギーが発生中……これは、退避《たいひ》をっ！」

鋭《するど》いフェリの声に反射神経が従う。やっと上《のぼ》り詰《つ》めた塔から、レイフォンはなんの予防策を講じることもなく跳び離《はな》れていた。

跳び離れてから塔へと戻るために算段する。すでに、都市を囲う脚《あし》よりも高い位置にいるのでそちらに鋼糸を飛ばしても意味はない。

塔に巻くしかない。だがしかし……

躊躇《ためら》う。高エネルギーという言葉がそれをさせた。

そして、それが正解だった。


カッ！


強烈《きょうれつ》な光が視界を塞《ふさ》ぐ。同時に右手を衝撃《しょうげき》が襲い、錬金鋼《ダイト》が手から離れた。

「くっ」

「くっそ……」

「塔は高エネルギーを上空に放射。いまだに帯電状態です」

視界が回復していないレイフォンのために、フェリが状況《じょうきょう》を説明してくれる。

「帯電……」

それでは鋼糸があったとしても塔には巻き付けられない。右手に走った衝撃と、いまだに残っている痺《しび》れの正体はそれかと思いつつ、落とした青石錬金鋼《サファイアダイト》の代わりに複合錬金鋼《アダマンダイト》を出し、再び鋼糸状態で復元する。

「それに放射って……なにに？」

自分たちではないだろう。塔の直上に大規模なエネルギー放射を行うような取り回しの悪い攻撃《こうげき》を、対比すれば極小のレイフォンたちに行うとは思えない。

「まぁ、あの熱量を直線ではなく放散するだけでも、わたしたちを一万回は消滅《しょうめつ》できそうではありますが」

「……ちょっと怖《こわ》くなるからやめてください」

地上に巻いた鋼糸を利用して落下地点を操作。レイフォンは都市の脚に着地した。

「さすがにあれほどの高空には念威端子《ねんいたんし》を配置してませんでしたから、なにがいたのかはいま調査中ですが……」

フェリの言葉は途中《とちゅう》でかき消えた。

ようやくまともになった視界に再び閃光《せんこう》が切り込んでくる。轟音《ごうおん》。

そして爆発《ばくはつ》が頭上の大気を震わせた。

「こんどはなんですか⁉」

レイフォンの声が大きくなるのは耳鳴りのためか、自棄《やけ》のためか。

変化はレイフォンとは関係なく起きている。

閃光の正体は巨大な落雷《らくらい》だ。塔の頂上を呑《の》み込むほどの轟雷《ごうらい》が落ち、その部位を爆散させたのだ。

舞い上がった破片がばらばらと落ちてくる中、光はさらに放たれる。それが塔からのものか、空からのものか、落ちているのか昇《のぼ》っているのか、連続する光の交錯《こうさく》はレイフォンにそれを判断させせない。

「なにが起きているんですか？」

「高エネルギーの応酬《おうしゅう》です。空になにかがいるのですが、この熱量の嵐《あらし》で端子《たんし》をうまく移動させられません。なんとか念威の定点放射で探っているのですが……」

言いかけたフェリの言葉がまた止まる。それに、レイフォンは彼女が手応《てごた》えを得たのだと察した。

「どうしました？」

「判明しました。これは……ハルペーです」

「ハルペー!?」

覚えている。以前にツェルニが暴走したときに姿を見せた、知性ある老生体だ。

クラウドセル・分離《ぶんり》マザーⅣ・ハルペー。

そういう名前だったはずだ。

「どうして？」

「わかりません。敵対関係だということでしょうか？」

どうであれ、この目を開けていられない戦いは、この都市に寄生した化け物とハルペーという化け物が繰《く》り広《ひろ》げているということだ。

光は目を閉じていても瞼《まぶた》を鋭く透過《とうか》して眼球を刺《さ》す。光の届かない安全地帯を求めて、レイフォンは撒《ま》き散《ち》らした鋼糸の触感《しょっかん》を頼《たよ》りに地下へ地下へと移動した。

巨人《きょじん》はあちこちにいる。だが、ハルペーへの対処を優先しているのか、巨人たちはレイフォンを無視し崩壊《ほうかい》する塔を修復するための素材となるため、自ら分解して融合《ゆうごう》しているようだ。

その状況は、とりあえずありがたい。レイフォンは何度も光にやられた目を癒《いや》すことに集中した。

「どうなってます？」

閉じた目に活剄《かっけい》を流し込みながらフェリに尋《たず》ねる。

「五分五分といったところだと思います。壊《こわ》し壊され、そして修復。決着はすぐに付きそうにありませんね」

轟音はここにも届き、振動《しんどう》はレイフォンが身を寄せる鉄骨をも震《ふる》わせている。

「どうしましょう？」

「どうにもなりませんね」

フェリの声は冷めていた。ここまで苦労してやってきて、なぜこんなことがいま起こっているのか……そういう風に考えているのかもしれない。

レイフォンだって、そう考えたい。

「僕たちがここに来たのは、間違いじゃなかった。そういうことですよね？」

しかし、レイフォンはあえて善《よ》い方向に考えることにした。

ヘルメットの向こうにあるフェリの目が、大きく見開かれたように見えた。

「……そうですね。そういう考えもあります」

「とりあえず、目を治して。それから、あの眩《まぶ》しいのをなんとかしないと……」

「それなら、急造でもよろしければ方法はあります」

「本当ですか？」

「ええ、時間もそれほどかかりません」

「お願いします」

「では、ヘルメットを外してください。大気の安全は確認しています」

フェリに言われヘルメットを脱《ぬ》ぐと、その中に念威端子が数枚入り込む。

「簡単に説明すれば、視覚補助だったヘルメットのモニター部分を完全にそれとします。生《なま》の視界での戦闘《せんとう》はできなくなりますが、それによって光量の減殺は可能となります」

「時間差みたいなのは？」

「もちろんあります。それには慣れてもらうしかありません」

「了解《りょうかい》です」

見えないよりははるかにマシだ。

処置はすぐに終わった。被《かぶ》り直したヘルメットの中から見えるのは、いままでよりも鮮《せん》明《めい》になった視界だ。

レイフォンは鋼糸を撒き、そこから得られる触感とモニター越《ご》しの視界との時間差を確認する。

そのついでに落とした青石錬金鋼《サファイアダイト》を鋼糸で探し、回収した。

「どうですか？」

「……大丈夫《だいじょうぶ》。これぐらいならいけます」

「本当ですか？　少しのことが命取りになりますから、改善できるところはすぐにしますが……」

「大丈夫です。…………」

「なんです？」

「いえ、本当に、フェリには助けられてばかりだなって」

「そんなこと、こんな場所でしみじみ言わないでください」

フェリのヘルメットも同じ処置が施《ほどこ》されている。バイザー越しに彼女の表情は見えなかった。

「でも、本当にそうだから」

「変ですよ、レイフォン」

「そうかもしれません。安全地帯なんてないと思いますから。このまま行きますよ？」

「ええ。かまいません」

「じゃあ……」

跳《と》んだ。

光と爆発の交錯は跳躍《ちょうやく》したレイフォンの体を揺《ゆ》さぶる。それでもモニターに見える光景は日差しの強い夏期帯の昼のような白々しさを保っている。光の強さはゆらゆらと濃淡《のうたん》を変えるが、目に痛いほどではない。

レイフォンは跳び続ける。腕《うで》の中のフェリはじっとしている。向かう先を目で確認した。はるか上空にある塔《とう》の頂上。そのさらに高空に点のように見えるのがハルペーに違《ちが》いない。

「目標の位置は変わってないですか？」

「変わりません。塔の頂上から三百メルトル下方の中央部。そこに目的物があります」

「……わかりました」

どうするべきか。駆《か》けながらそれを考える。頂上付近は高エネルギーが荒《あ》れ狂《くる》っている。スーツが保《も》つはずがないし、武芸者の肉体でも耐《た》えきれるはずがない。

戦う理由はない。目的はハルペーやこの塔の化け物ではない。この都市にあるはずのデルボネの記録だ。

「フェリ、ちょっと待っててください」

「え？　あ、はい」

レイフォンの意図を理解してくれたのか、フェリが答える。

今度は背後に投げた。

フェリの小さな体が広大な大気の中で点へと変わっていく。それを見届ける暇《ひま》などあるはずはなく、レイフォンは塔の壁《かべ》へと向かった。

（目標位置、モニターに反映させます）

ヘルメットの中でフェリの声が響《ひび》く。

眼前に広がる塔の壁が半透明化《はんとうめいか》し、目標物が線で構成された球体として映し出される。

（塔の内部は中空となっています。外壁《がいへき》の厚さは四メルトル）

「了解！」

叫《さけ》んで答え、青石錬金鋼《サファイアダイト》で鋼糸を復元、交替《こうたい》で複合錬金鋼《アダマンダイト》を刀に再復元する。

周辺に配置した鋼糸を利用して自らを矢の如《ごと》く放つと、レイフォンは抜《ぬ》き打《う》ちの構えをとる。

外力系衝剄《しょうけい》の変化、閃断《せんだん》。

連弾《れんだん》された一閃《いっせん》とともに塔へと突貫《とっかん》する。フェリのモニターは剄技《けいぎ》の閃光すらも排除《はいじょ》し、塔の外壁が切《き》り裂《さ》け、爆砕《ばくさい》する姿を鮮明に見ることになる。

飛び散る破片を抜け、レイフォンは内部へと飛び込む。

（内部に細工はありませんが、例の微細物《びさいぶつ》による変幻《へんげん》があるかもしれません、注意を）

「はい」

答えるレイフォンは、勢いに乗って宙を滑《すべ》っている最中だ。

閃断で穿《うが》った穴を抜け、中空部に至っている。

中空部は空洞《くうどう》になっているというフェリの言葉通り、外壁と中央を芯《しん》のように上下を貫《つらぬ》く太い柱を除けば、他《ほか》にはなにもなかった。

塔の壁が外界の騒音《そうおん》を排除している。レイフォンの開けた穴からなだれ込む騒《さわ》がしさは上下に深く広がる闇《やみ》に呑《の》み込まれ、冷気が全身を押し包む。

モニターには中央の芯内部に目標が埋《う》め込まれる形で示されている。滑空《かっくう》状態のまま複合錬金鋼《アダマンダイト》を振《ふ》るい、芯を慎重《しんちょう》に、素早く刻んでいく。勁《けい》を奔《はし》らせた刃《やいば》は火花を散らしながら芯を削《けず》っていき、そして目標のものが現われる。

芯の内部に小さな空洞があり、そこに球体のものが納められている。

(それです!)

「はい」

フェリの声にも興奮が混じっている。レイフォンは鋼糸を芯と自分に巻き付けて固定すると、その球体に手を伸《の》ばす。

「っ!」

スーツを貫く冷気に、レイフォンは目を見張った。

球体を抱《かか》え込もうとした腕に、白い手がかかっている。

「なっ!」

その手は芯から生《は》えている。

ごく普通《ふつう》の、人間の手だ。あるいは女性の手かもしれない。

(レイフォン!)

「わかってます!」

ここで驚《おどろ》いている暇はない。フェリは空中にあり、いまも落下している。手の正体を確認している余裕《よゆう》もない。球体を抱え込み、手を引きはがすように鋼糸の固定を外し、外に向けて跳躍する。

ぞっとした寒さがいまも腕に張り付いているような気がする。

レイフォンが穿った穴はすでに埋まりつつある。閃断《せんだん》を放って穴を維持《いじ》し、すり抜ける。

「フェリっ！」

鋼糸を先行させているとはいえ、巨人たちが彼女に近づかないようにするために配置しているに過ぎない。一カ所にとどまらせておけば、巨人たちがこちらに敵意を向けたときに対処できないかもしれない。落下に任せておく方が安全なためこうしているが、もちろん時間が大幅《おおはば》に限られるという欠点もある。

(ここです)

モニターにフェリの現在位置が表示される。

(風の影響《えいきょう》で落下の軌跡《きせき》がかなり読みづらくなっています)

「はいっ！」

塔から抜け出せば爆音《ばくおん》と閃光《せんこう》が渦《うず》を巻いて荒れ狂っている。だが、この騒がしさはさきほどの不気味さを吹《ふ》き飛《と》ばし、レイフォンの集中を高めた。

周囲に張《は》り巡《めぐ》らせた鋼糸を蹴《け》り、落下の軌道《きどう》を調整しつつフェリを追う。

彼女の姿はすぐに見えた。体を小さく丸め、落下の速度に耐えている姿は胸を痛くさせる。鋼糸を蹴る力が知らぬ間に強くなる。

球体を抱えていない手をフェリに伸ばす。

こちらに気付いたフェリが風圧に揉《も》まれながら手を伸ばす。

「フェリっ！」

（レイフォン）

摑《つか》めた。

片腕《かたうで》しか使えないので慎重に引き寄せる。

フェリを引っ張り上げるようにしてお互《たが》いの位置を調整し、レイフォンが下に回って彼女を受け止める形にまで持っていく。

「間に合った」

「なによりです」

フェリの声に安堵《あんど》が混じっていると感じるのは、気のせいではないはずだ。

「これで間違《まちが》いないですよね？」

「ええ、それしかないはずです」

「それなら後は、脱出《だっしゅつ》するだけ……」

レイフォンはそう言い、脱出の算段に思考を傾《かたむ》ける。

達成感と安堵、そして喜び。レイフォンを巡った感情がそれを一瞬《いっしゅん》忘れさせた。あるいはあまりにも不可解だからと忘れたかったのかもしれない。

不気味だからと見なかったことにしたかったのかもしれない。

どちらであれ、それは油断だ。

こちらが見なかったことにしたとしても、それはこちらを見ているのだから。

それは突如《とつじょ》として現われ、レイフォンの反射神経が対応するよりも早く、二人を冷たく束縛《そくばく》した。

「なっ⁉」

「え？」

レイフォンは己《おのれ》の迂闊《うかつ》さを呪《のろ》って叫び、その耳はフェリの呆然《ぼうぜん》とした声を聞く。

腕に抱えた球体から手が生えた。それは、レイフォンを掴もうとしたあの、白い手だ。

細い、女性の手だ。

親指の位置からして左右一組の手は球体から生え、レイフォンの肩《かた》を掴む。スーツを突《つ》き抜けるぞっとする冷たさは変わらない。

そして、二人が驚きの声以外にはなにも出せない状態から抜け出さないうちに、変化を続けていく。

手から下が現われる。

球体の中から。

おそらくそれは球体からではない。生えるように見えているだけで、その実、フェリの言う微細な物質が手から下を順次構築していっているにすぎない。

ただ、レイフォンの武芸者の目をもってして、ようやくその構築速度を見抜《みぬ》くことができた。

レイフォンが抱えることのできる大きさの球体から、やや年上の女性が現われる様《さま》を驚きで硬直《こうちょく》したまま見ているしかなかった。

それは球体という水面から現われるかのように、頭頂部を見せ、髪《かみ》を見せ、額を見せ……とその素顔を現わした。

「……え？」

そして二度、驚くことになる。

プールから上がったかのように姿を見せたのは、レイフォンたちの都市外スーツを洗練化させたようなものを着た女性だ。考えの読めない目をした、端正《たんせい》な顔の女性だ。

そして、見たことのある女性だ。

この容姿そのままを見たわけではない。だが、とても近い人物を見たことがある。まるで、目の前にいる女性の昔の写真でも見たことがあるかのような、そんな感触《かんしょく》が、レイフォンの記憶《きおく》を疼《うず》かせる。

答えはもう出ている。

だがそう思わせる人物は過去にはいない。

「ヴァティ？」

そう。その女性はヴァティにとても似ていた。彼女が数年成長したらこんな風になるのではないか、そう感じさせる姿をしている。

「あなた方の出身都市が学園都市ツェルニであるのでしたら、そのヴァティという人物はわたしの本体でしょう」

さらりと、目の前の女性はそう言った。

驚きが体を震《ふる》わせる。

だが、驚いてばかりもいられない。

レイフォンたちはいまも落下を続けているのだ。

「くっ！」

精神を立て直し、レイフォンは鋼糸を操る。片手にフェリを、もう片手に球体を、そしてヴァティに似た女性に両肩《りょうかた》を押さえられた形のレイフォンは、鋼糸を使う以外にはなにもできない状態だ。

レイフォンたちを拘束《こうそく》していた落下が消失する。停止し、上昇《じょうしょう》する。各所に配置していた鋼糸を使ってとりあえずは都市の脚《あし》を目指す。

本当なら目の前にいるヴァティに似たなにかにも攻撃《こうげき》を加えるべきなのだ。

だが、できなかった。この、『なにか』がこちらにまだなにもしてきていないということもあるが、それ以上にヴァティに似ているということがレイフォンを混乱させ、躊躇《ちゅうちょ》させていた。

だが、呆然とばかりもしていられない。

出現の仕方からしても、ただの人間であるはずがない。ヴァティに似ているのもただの偶然《ぐうぜん》、さきほどの言葉もこちらが口にしたことを利用した虚言《きょげん》かもしれない。

まずは引きはがす。

そう考えた。そう実行すべく鋼糸を動かす。

「…………」

両肩の感触が消える。目の前の『なにか』がレイフォンから離《はな》れた。

ヴァティの姿がレイフォンたちよりも高く上昇する。風に巻き上げられたかのような軽やかな移動に目を奪《うば》われかけ、すぐに立ち直る。

こちらの動きを読まれた。いまのは、そういうことだ。

追いかける形で都市の脚に着地したレイフォンは、素早くフェリを下ろし背後に球体とともに押しやる。この球体から現われたのだから、本当はこの球体もとりあえず遠くにやりたいが、これが目的のものなのだからそれもできない。

額がちりちりとする危険を感じているからだが、それは目の前の『なにか』になのか、それとも背後の球体になのか。

「あなたは……なんだ？」

ハルペーと塔《とう》の間で行われる戦いは続き、閃光と轟音《ごうおん》もまた同様に続いている。レイフォンの声はそれらに呑《の》まれた。

だが、『なにか』は聞き取っている。

「わたしは、ナノセルロイド・マザーⅠ・レヴァンティンよりこの世界への強行偵察《ていさつ》を任命された分体、識別番号ＸＣ一〇七八五三四五六七……」

長く続く数字の羅列《られつ》。それを高速で言ってのけた『なにか』が人間ではないのははっきりした。いや、はっきりしているのだろう。だが、そう思いたくなかった。

ヴァティに似ているからか？

同じアパートに住む隣人《りんじん》に似ているからか？

「暫時名称《ざんじめいしょう》は《レヴB》。さきほど本体より命名されました」

「《レヴB》……」

「レイフォン……」

「……はい」

「そこにいるのがここにいる化け物たちと同じなのでしたら、姿が同じということを理由に疑うのは根拠《こんきょ》が薄《うす》すぎます」

「……そうですよね」

そう言ったフェリでさえ、自分の言葉が正論と思いながら、しかし信じきれていない様子だ。

化け物がなぜヴァティの姿をとらなければならないのか。なにより彼女そのものではなく、彼女とはやや違《ちが》う姿にならなければならないのか？　そういったことが違和感《いわかん》となって張り付いている。

レイフォンは《レヴB》を見る。ヴァティを大人にしたようで、姉と言われれば納得しただろう。

だが、そんなはずはない。

レイフォンの考えるような肉親関係であるはずがない。

目の前の《レヴB》がどのようにして現われたか、そしてさきほどどう言ったかを考えれば、それは明白だ。

「……あなたは、なんのためにここにいるのですか？」

言ったのはフェリだ。

身動きが取れなくなってしまったレイフォンの背後から、《レヴB》に向けて問いかける。

「『この世界』と言ったということは、あなたたちの生息圏《けん》はわたしたちの知る場所とは別に存在するということになります。あなたは、そんな場所からここに来て、なにをしようというのですか？」

「……解放です」

「解放？」

「私たちのマスターが幽閉《ゆうへい》状態にあり、その解放にはこの世界の崩壊《ほうかい》が必要条件となっています」

「どういうこと？」

世界の崩壊が解放の必要条件？

いきなりそんなことを言われて理解できるはずもない。

「それは……ガッ、ガガ……」

突然《とつぜん》、《レヴB》が奇妙《きみよう》な震えを見せた。

「なに？」

「さがって！」

機械が故障したかのような奇怪《きかい》な動きを見せる《レヴB》に、レイフォンはフェリを庇《かば》いつつ距離《きより》を空ける。

「ガガ……レヴァンティン………」

《レヴB》がなにかを呟《つぶや》き、そして唐突《とうとつ》に崩《くず》れた。

「なっ」

本当に、唐突に、砂山のように《レヴB》の姿は崩れ、その残滓《ざんし》が風に巻き上げられて跡形《あとかた》もなくなってしまう。

「くそっ」

レイフォンにはわからないが、なにかが起こった。そのなにかがわからないことが、悔《くや》しい。

「それよりも、いまはこれの解析《かいせき》が先決です」

「ランドローラーを確保している間には終わらせられます」

「脱出《だっしゅつ》は？」

「……わかりました」

閃光《せんこう》と轟音が続いている。レイフォンは塔の頂点で続いている戦いに目を向けた。

あの化け物たちがリーリンやニーナたちが関《かか》わっているなにかと関係しているはずだ。

「まだ、逃《に》げるしかできないのか」

それが悔しくて、レイフォンは歯を噛《か》みしめた。

†

余計な情報を流出させる必要はない。ヴァティは《レヴB》の停止を決定した。

廃《はい》都市の周辺に集結させていたナノマシンを目的へ向けた機能へと特化させていく。

その過程でも情報収集は怠《おこた》っていない。

「こちらはどう対処すべきか」

自分の部屋でヴァティは呟いた。

ハルペーだ。

かつては同じナノセルロイド・シリーズでありながらマスターであるイグナシスに反旗

を翻《ひるがえ》したヴァティ＝レヴァンティンの兄弟、あるいは子のような存在。それがハルぺーだ。

しかしいまは、自ら改良を施《ほどこ》してナノセルロイドからクラウドセルへと変化した敵だ。

「あるいは、ハルぺーこそが正しくソーホの子であったということなのでしょうか？」

レヴァンティンたちの生みの親であり、イグナシスの犠牲者《ぎせいしゃ》となった科学者、その名がソーホだ。

人の言う『皮肉』というものを理解できたような気がする。だが、それを使いこなせるようになれる可能性はひどく低い。いまとて、厳然たる事実を口にしたに過ぎない。ソーホは自らの願望のためにレヴァンティンを作ったが叶《かな》うこともなく、そしてレヴァンティンは彼の目的を叶えるために活動し、願望の発信者であるソーホの死さえも試行のために利用した。

いまや、レヴァンティンはその結果を望む者がいないまま目的のために進み続けている。そして、それを自覚していながら止めることもできない。

厳然たる事実こそが皮肉であるというのなら、予定通りにはならない『人の生』あるいは『活動する存在の生滅《しょうめつ》の道程』という名の予定こそが皮肉であるということになる。

つまりは、『人生とはうまくいかないもの』という教訓めいたものだけが残ることになる。

それでは人の生とはなんなのか？

「意味のないことです」

思考が哲学《てつがく》へと向かっていることに気付き、ヴァティは考えを止めた。

いま片付けるべき問題は二点、暴走を止めない分体《レヴB》と活動を再開したハルペー、この二体の処分だ。

《レヴB》が保有している情報の収集を諦《あきら》めれば、問題の解決手段は同じもので済む。

破壊《はかい》。

だが、その破壊も簡単なことではない。

二体ともがヴァティと同じようにナノマシンによって構成されている。殲滅《せんめつ》は容易ではない。そのためにハルペーとはいままで決着が付かないままとなっているのだから。

やるのであれば、広範囲《こうはんい》におよぶ大規模破壊だ。

そのための準備を進めている。幸いにもハルペーと《レヴB》は戦闘《せんとう》状態にあり、こちらの隠密《おんみつ》行動に気付いている様子はない。

このままいけば、作戦は成功するだろう。

しかし……

「それでは、あの二人もまた……」

ヴァティは考える。自分にとって、二人の……レイフォンの必要性はすでに失われた。ヴァティの観察の対象はメイシェンであり、彼女の対象物がレイフォンであったというだけであり、それもまた過去のものとなったのであれば、彼の生死は問題にもならない些事《さじ》となる。もちろん、一緒《いっしょ》にいるフェリなどは言わずもがな、だ。

しかし……二人について決断を下せない。保留状態を続けさせる不明の要素が、依然《いぜん》としてヴァティの内部に存在し続けている。

「合理性がありません」

自身に生じている不明要素による決断の保留に、ヴァティは現実で首を傾《かし》げた。

学園都市への潜伏《せんぷく》の際に学生たちは全員、準利害一致《いっち》関係として第二級保護対象に指定しているため、それが今回の判断への障害となっているのだろうか？

仲間意識、というものを機械的に表現したつもりだったのだが、それがいまの障害となっているのならば、排除《はいじょ》しなくてはならない。

しかし、排除には手順が必要となる。

ナノセルロイド・マザーⅠ・レヴァンティンを、学生『ヴァティ・レン』としているのは一つの設定だ。その設定の中で得られる経験もまたレヴァンティンの求める『人間とはなにか』を知る上で、貴重なデータとなる。

前述した仲間意識のための保護対象化もその一つであり、経験を重ねた上での改訂《かいてい》であえて保護対象から削除《さくじょ》したり、あるいは逆に保護の等級をあげた者もいる。

その中で、最上級がメイシェンであり、その次がレイフォンや彼女の親友たちだ。彼女の秘密を知っているニーナやクラリーベルでさえ、秘密を口外しないという限定条件を付《ふ》与《よ》しながらも保護対象に入れている。

等級の高いレイフォンを保護対象から外すということは、設定の劇的な改変であり、いますぐに判断を下すのは難しい。

あるいは、学生『ヴァティ・レン』という設定そのものを破棄《はき》するか？

そうすれば、行動はすぐに行える。

ただしそれは、この学園都市での実験が終了《しゅうりょう》するということであり、レヴァンティンとして最後の作戦を再開するということでもある。

「…………」

ヴァティの口から言葉が失われた。

トントン……

ノックの音はそれからしばらくして部屋に響《ひび》く。

「ヴァティ？　いる？」

「はい」

ドアの向こうから聞こえたくぐもった声はメイシェンのものだ。

「どうしましたか？」

開ける前から彼女がなにを持っているのかはわかっている。しかし、知らない振《ふ》りをして尋《たず》ねた。

メイシェンの手には埃避《ほこりよ》けの布がかけられた大きめの皿がある。

「ちょっと作り過ぎちゃったから、お裾分《すそわ》け」

「ありがとうございます。いいのですか？」

彼女の言葉は嘘《うそ》であることはすでにわかっている。観察はいまも続けているのだ。

メイシェンは様子のおかしかったヴァティを調子が悪いのだと判断し、こうして夕食を作ってもってきた。

「いいの」

ただそれだけを言うメイシェンに逆らえるはずもなく、ヴァティは皿を受け取る。

「それじゃあ」

「はい。おやすみなさい」

笑顔で去っていく彼女を見送り、ヴァティはドアを閉じる。あの日以来、彼女の笑顔には変化が見られる。それは、表情筋の微細《びさい》な動きの変化ではあるのだが、その変化を促《うなが》した要因は間違《まちが》いなくあの日から発生したなにかだ。

その笑みを見ていると、ヴァティの思考は止まる。

廃都での事態は進行を続けている。決断を先延ばしにできる状況《じょうきょう》ではない。

しかしそれでも、ヴァティは止まってしまう。

「時間を……そして脱出の手助けを…………制限時間は設けなくてはなりませんが」

なんとか、それだけを呟く。

学生『ヴァティ・レン』の設定を解除することなく、変更《へんこう》することなく、その上でいまの事態に対処するためにはそれしかない。

メイシェンの笑みを見て、ヴァティはそう決断した。

†

閃光と轟音《ごうおん》の交錯《こうさく》。レイフォンたちからではそうとしか表現できない戦いを、二体の兵器は倦《あ》くことなく続けている。

破壊し破壊され、同時進行で修復を行う。両者を構成するナノマシンは汚染《おせん》物質の根本を為《な》すオーロラ粒子《りゅうし》という、二つの世界で共通する因子をエネルギー源として増殖《ぞうしょく》に使用しているため、ほぼ無限に増え続けることを可能としている。

もちろん、ナノマシンを統御《とうぎょ》する能力には限界が存在するため、無秩序《むちつじょ》に増やし続けることはできないが、現在のような状況ならば、その生産能力をいかんなく発揮することになる。

無限のエネルギーの下《もと》に自ら思考し、自ら行動し、自ら生産し、自ら改良し、自ら修復していく……

同種の能力を有した兵器がぶつかりあえば、こういった超長期《ちょうちょうき》に及《およ》ぶ消耗《しょうもう》戦を演じることになる。

現在までのハルペーの戦闘経験上、こうなった場合には勝敗は付かない。

しかしだからといってこの状況をやめるつもりもない。

長い休息の後の戦闘、しかしハルペーに戸惑《とまど》いはない。彼の存在意義とは人類の敵たちとの戦いであり、彼にとっての人類の敵とはイグナシスとそれに操られているナノセルロイドである。

彼らとの戦いに際して撤退《てったい》という選択肢《せんたくし》はなく、また、対策を講じていないわけでもない。

それでも、戦闘が長期に及ぶという問題は解決していない。あるいは、その部分に関して、ハルペーも、そしてナノセルロイドたちも問題視していないのかもしれない。彼らは生命に存在する寿命《じゅみょう》というものを字義的にしか認識しておらず、そして自らの活動限界は、自らの身でその凡例を生み出さねばならないのだから。

ゆえに戦場は、泥沼《どろぬま》を泥沼に沈《しず》めるが如《ごと》く無意味な破壊と再生が繰《く》り返《かえ》されていくことになる。

別の因子が戦場をかき回さない限りは……

†

見失っていたランドローラーはほどなく見つかった。

フェリは手に入れた球体の解析《かいせき》を行っている。さきほどの《レヴB》のこともあったので罠《わな》を警戒《けいかい》していたのだが、どうやらそういうものはなさそうだ。

「………」

集中している様子の彼女を気づかいつつ、鋼糸でランドローラーを都市外に退避《たいひ》させておく。なにかがあったときのためにランドローラー周辺に防御陣《ぼうぎょじん》を設営するなど、脱出《だっしゅつ》のために必要なことは一通りやった。

フェリからの反応は、まだない。

こちらの準備が終わるまでには解析を終わらせると言っていたが、意外に手間取っているようだ。

それを責めたり焦《あせ》らせたりする気はない。彼女の安全を守ることが、いまのレイフォンのやるべきこと、そう定めて鋼糸をさらに配置していく。リンテンスに教えられた、あるいは彼から盗《ぬす》んだ繰弦曲《そうげんきょく》の中で、この状況でもっとも防《ぼう》御《ぎょ》に優れた陣《じん》を編む。

編みながら、塔《とう》を見る。

閃光《せんこう》と轟音は続いている。フェリが解析に集中しているため、モニターの反映が悪くなっている。鮮明《せんめい》さがやや失われ、眩《まぶ》しい。

あの向こうで戦いが続いている。

逃《に》げるしかないのか？

それしかできないのか？

自問が繰り返される。

現状で戦うことは、決して正しいことではない。目的は達成している。いまは帰還《きかん》することが重要で、そこにある情報によって次へと進むことができる。

おそらく。

だが、そんな段階的なことで間に合うのだろうか？

目の前にはこんなにも激しい戦いが展開されている。

これはいままでにもあったのか、それともこれが初めてなのか。

この戦いがなにか、さらに大きななにかに続いていくのではないのか？

リーリンや、ニーナの戦いに続くのではないのか？

そう考えると居ても立ってもいられなくなってしまう。

「……レイフォン？」

「フェリ？　どうでした？」

「ええ。予想通りのものは手に入りました。ですが……」

フェリの声に淀《よど》みがあるのを、レイフォンは聞き逃《のが》せなかった。

それがなにかをレイフォンはあえて聞かなかった。彼女の声に混ざった淀みとは、失望に違《ちが》いない。

「デルボネの記《き》憶《おく》というよりも、彼女の念威《ねんい》によって収集された戦闘《せんとう》の記録映像という方が正しいのでしょう」

それでも、フェリは話し出す。

「そこにあったのは、先ほど現われた女性の形をした兵器と、以前にツェルニを襲《おそ》った巨《きょ》人型《じん》の化け物との戦闘です。デルボネと思われる女性の外見の変化から判断して六十から七十年は過去の映像です」

「………」

「貴重な映像ではあります。さきほどの女性の正体も気になります。……繋《つな》がりも」

ヴァティとの繋がりだ。さきほどの化け物がヴァティの姿をとっていたのが、レイフォンたちを混乱させるためではないと、映像は示してくれた。

それはヴァティに対して不安の影《かげ》を落とす。彼女を頼《たよ》りにしているメイシェンが心配になってくる。

ツェルニ自体の運命にも不穏《ふおん》な影がのしかかっていたのだと気付かされる。

それは、大いなる収穫《しゅうかく》だ。

いますぐにでもツェルニに戻《もど》らなければ。

戻って、彼女の正体をこの目で確かめなければ。

だけど……それだけか？

それだけでいいのか？　これは重要な手がかり……レイフォンたちが次に進むための重要な足がかり。

ではあるのだ……が。

それがわかっているから、フェリの声も暗い。

それで十分なはずなのに、なぜか満足できない。

そう共感しているから、レイフォンもフェリもこれだけでは満足できない。

「……ここで戻ることはツェルニの危険を除くことでもあります」

「わかってます」

しかし、本当にツェルニが危険だったのなら、それはもっとはやく起きているはず。彼女にはなにか目的がある。だからツェルニを破壊《はかい》しない。

「……だから、隊長たちはなにもしなかった？」

そういうことなのかもしれない。

「彼女はいままでなにもしなかった。急ぐ必要はないかもしれない。……かもしれないだらけだ」

仮定ばかりを口にする自分に嫌気《いやけ》が差す。

そういうことではない。

そんなものではない。

可能性は欲しい。先に進む可能性だ。将来を見定める可能性だ。それがあれば進める。がむしゃらに進むにしてもどこに進んでいるのかぐらいは知りたい。

なにがあってもこれがあれば大丈夫《だいじょうぶ》という保証が欲しい。

「でもそんなものはない」

思う通りに人生が生きられるはずがない。もしそんなことができるのなら、レイフォンがツェルニいるはずがない。

グレンダンにいて、天剣《てんけん》授受者のままで、フェリやニーナと知り合うこともなく、リーリンたちと笑って暮らしていたはずだ。

だが、現実のレイフォンはツェルニに流れ、そしてこんな場所でなにかを探してもがいている。

ただ一つ。優れた武芸者という、レイフォンがただ一つ胸を張れるはずのものも、ニーナたちに追いつかれ、そしてリーリンにさえも頼ってもらえないという現状の前では、意味のないものとしか思えなくなってくる。

「だけど……」

「あなたにも、わたしにも、これしかない」

「はい」

武芸者として、念威繰者として……二人が誰《だれ》かのために役に立てる、これだと言い切れるものは、これしかない。

しかし、その二つでどこにも辿《たど》り着《つ》けていないのが、現実だ。

目の前には戦いがある。

現実かと疑いたくなるような超常《ちょうじょう》の戦いが起きている。

そしてこの戦いは、間違《まちが》いなくレイフォンたちが求めている先でも起こるだろう戦いだ。

デルボネがここで体験し、グレンダンでまた戦い、そして死んでいったように。この場所で起きた戦いは、グレンダンで再び行われるに違いない。

そして今度は、そこにニーナやリーリンがいるに違いない。

これを見なければ、デルボネの記録を手に入れただけで帰ることができていたかもしれない。

「でも、もうそれだけでは帰れない。帰れません」

見てしまった。この、超常の戦いを。

こいつらこそ敵なのだと知ってしまった。

それなら、いまはただ退《ひ》くことなんてできない。

「逃げるのではなくて、戦えなければ、話にならないですよね？」

「…………」

「ここで逃げて、それで、次に戦えますか？」

「…………」

「戦えるかもしれない。だけど、それは気持ちだけのことかもしれない。だけど、だけど……僕たちにいま必要なのは気持ちじゃなくて…………」

「戦えるという事実」

フェリが言葉を繋いだ。

「どんな強敵を、どんな化け物を相手にしても戦えるという事実。わたしたちには覚悟《かくご》がある。だけど、覚悟だけではどうにもならない敵に対して、戦い抜くことができることの証明」

「僕たちに必要なのは、それです」

「行きなさい」

フェリが背を押す。

言葉で押してくれる。

「あなたがそれを必要だと思った。それなら必要なのです。誰になにを言われようと、後から振《ふ》り返って間違っていたとしても、あなたはそれを必要と感じた、それこそがいまここにある唯一《ゆいいつ》の真理です」

「はい」

「わたしたちが最強だと、証明するのです」

「はい！」

フェリの言葉が心を熱くさせる。

レイフォンは跳《と》んだ。迷うことなく。

化け物に向けて、塔に向けて。

自分の強さを、自分たちの強さを証明するために。

レイフォンは高く高く跳躍《ちょうやく》した。

†

予想外の事態となった。

「困りましたね」

呟《つぶや》きに困惑《こんわく》を混ぜたかったが、うまくいかなかった。

だがそれはいい。問題は廃都《はいと》で戦闘中のレイフォンとフェリだ。

「まさか脱出《だっしゅつ》しないとは……」

その選択肢《せんたくし》を選ぶとは思わなかった。レイフォン・アルセイフは戦闘に関してはとても慎重《しんちょう》な人物であると判断していたのだが。

他人には平然と危険にその身を投げ込むと思われていたかもしれないが、しかし自身の戦闘能力を過剰《かじょう》評価することなく、冷静な対処を行っているように思えた。

ならば、あの場面での彼らの行動は退却《たいきゃく》のはずだ。

なにより、彼らは目的を果たしたはずなのだから。

「どうしてでしょうか？」

彼らの発言はもちろん拾っている。

戦うための覚悟。気持ち。戦えるという事実。

最強の証明。

「つまり彼らは、わたしとの戦いのため、実戦テストを行う……そういうことなのでしょうか？」

《レヴB》が彼らと接触《せっしょく》したことで、ヴァティの正体は彼らに知られてしまったと考えるべきだ。ならば、それを考慮《こうりょ》した行動を取らなければならない。

取らなければならないと考えた上で、ヴァティは彼らの脱出を手助けすることを決定したのだ。

故障していたランドローラーを気取《けど》られないようにこちらで修理までして、万全の状態で彼らに提供しさえした。

しかし、彼らが選んだのは、脱出ではなく戦闘《せんとう》だった。

それでは困る。

「いえ……」

困りはしないのか。戦闘で死ぬのならばヴァティが見捨てたということにはならず、また自身の正体を知る者がこれ以上増えないということにもなる。こちらにとっては望ましい状況《じようきよう》となる、ということではないか。

いや……

そういうことではない。

「違《ちが》います。もはや見るべきものはなく、知るべきことは知り、ここは去るのみとなっています」

そうだ。だから彼らを守るべき理由はやはりない。それでも、彼らを一度は救助することを決定した。

なんのために？

彼女のためにだ。

メイシェン・トリンデンのためにだ。

観察対象とした彼女の、かつて望んだ人物だからこそ、レイフォン・アルセイフを救助することを決定したのだ。

しかし……しかし………

それに意味はない。

メイシェン・トリンデンからの結果はもはや得たに等しい状態となっている。

はっきり断言してもいい。答えは得た。

すでに彼女に価値はなく、この都市にいる意味はない。

ならば《レヴB》を破壊する必要などない。あれとともに本来の任務に戻《もど》り、グレンダンを、ひいてはそこにいるこの世界の創造者であり維持《いじ》者であるサヤを殺し、イグナシスを幽閉《ゆうへい》するアイレインをも引きずり出し、これも倒《たお》す。

それがヴァティの……ナノセルロイド・マザーⅠ・レヴァンティンの使命だ。

だから困ることはない。レイフォンとフェリが戦うというのならば、戦うに任せればいい。《レヴB》を排除《はいじょ》するために準備しているものを、ハルペーにのみ向ければいい。

「それで全《すべ》てが終わる」

そう、全てだ。

「………」

それなのに、答えが出ない。

なぜだ？

「どうしてわたしは決断できないのですか？」

自己診断《しんだん》機能は何度も起動した。しかしどこにも異常は見つかっていない。

ならばこの、判断がいつまでも保留され続ける状態は正常なのか？

いや……

「擬人《ぎじん》化プログラムは自己診断機能の診断対象外。問題はやはりこれですか」

現在、最優先で学習させている擬人化プログラムは、既存《きぞん》の判断では異常と診断してしまうような発展をしてしまうかもしれない。しかし、それこそが人間である可能性もあるため、自己診断機能の対象からは外していた。

つまり、レヴァンティンがこれまで育《はぐく》んできた『人間』ヴァティ・レンがレイフォンたちを見捨てるのを……いや、メイシェン・トリンデンが哀《かな》しむ可能性を拒否《きょひ》しているのだ。

「…………」

だからこそ、無視できないのか。

「擬人化プログラムが独自の行動を起こそうとしている？」

自己診断機能を主体とし、診断できないまでも擬人化プログラムによる行動を外側から判断すると、そういうことになる可能性がある。

主格として意思は、もちろんレヴァンティンという名のナノセルロイドにある。だが、擬人化プログラムは彼女が人間を知るために作り上げた、学習素材収集装置であり、最終的に主格のレヴァンティンが取り込むまでは、独立した一個の意思、つまりはいま暴走している《レヴB》と同じ存在であるともいえる。

現在の状況が擬人化プログラム、『人間』ヴァティ・レンによって阻害《そがい》されて決定できないというのならば、それはヴァティがレイフォンたちを守るために主格であるレヴァンティンの邪魔《じゃま》をしている……そういう見方ができる。

「……それで、どうするというのです？」

独白しているのはヴァティか、それともレヴァンティンなのか？　自分自身でもその境界線は危うい。なにより、いままでヴァティとレヴァンティンを別のものと、自身ですら認識していなかったのだ。

しかし戸惑《とまど》いはない。必要となれば《レヴB》のような分体を作り出すのがナノセルロイドだ。

己《おのれ》の中に別の自律機能が発生したと判断し、そして対応するだけだ。

「やらねばならないことは変わらない。もはやそれをする以外に、わたしたちに選択肢はない」

それはわかっている。

それでも……擬人化プログラムはレイフォンたちを助けるべきだと主張する。そのために主格であるレヴァンティンの決定を保留へと変更《へんこう》してくる。

「それでも……あなたは助けたいのですか？」

擬人化プログラムをあえて分体と同じように扱《あつか》い、問いかける。

「なぜです？　あなたは目的を果たした。それは、いまだわたしには叶《かな》わぬこと」

そうだ。

「わたしは目的を果たせていない。あなたを取り込むことによってわたしは目的に届くことができる。そしてあなたもそれによって目的を果たすことができる」

それが最良の状態のはずだ。

それでも、擬人化プログラムからの反応はない。

「目的を果たすことを望まないのですか？」

どういうことか？　レヴァンティンはさらに可能性を模索《もさく》する。擬人化プログラム『ヴァティ』が主格であるレヴァンティンの命令を拒否する理由とは？

「……死にたくない」

呟く。

任務の終了《しゅうりょう》。そしてレヴァンティンに取り込まれることによって主体を失うことを、生物的な『死』と同義として拒否しているのか？

しかし、擬人化プログラムからの反応はない。

「仲間を失いたくない」

わずかな反応があった。

こういう場面で機械は嘘《うそ》をつけない。沈黙《ちんもく》、あるいは正しい反応を返すしかない。

それは、擬人化プログラムでも同じだ。主格であるレヴァンティンに嘘を吐《つ》くような権利はさすがに与《あた》えていない。

「仲間を失いたくない。この項目《こうもく》に類似するということですね」

それだけで列挙する単語は一気に減る。

「状況の変化を望まない。……いえ、彼女の変化を望んでいた時点でそれは正確ではありませんね」

思考を先に。検索《けんさく》するキーワードが限定された状態では、一つの類型化された物語が見《み》出《いだ》されるようになる。

機械は物語を作れない。だが、物語を解析《かいせき》することはできる。体系化された状況を抜《ぬ》き出してその類似部分を比較《ひかく》することはできる。

「この物語から抜け出したくない。この学園都市で、メイシェン・トリンデンのそばで、学生をしていたいのですね」

胸の奥が痛んだ。

それは、現実になにかの不具合が起きたわけではない。

ただ、擬人化プログラムが示した大きな反応が、全身に張《は》り巡《めぐ》らせた神経網《もう》に干渉《かんしょう》しただけの話だ。

「………そういうことなのか」

レヴァンティンは自らの胸に手を添《そ》え、己の中にある擬人化プログラムに語りかける。

「素晴らしい提案です」

レヴァンティンはそう呟《つぶや》いた。

彼女もまた、必要でない限り嘘を吐かない。そしていまは必要なときではないと判断している。

「ですがそれは不可能です」

それでも、そう断じる。

「問題は、すでにわたし一人の決定で全てが決まるというものではないのです。敵対する者たちがいます。彼らは、わたしを倒すためだけに存在するような、人間であるのに機械であるかのような者たちです。彼らを無視してこの世界にいることは不可能です。すでにこちらの位置は把握《はあく》されています。こちらが動かなければ、いずれ向こうがやってくることでしょう」

レヴァンティンに寿命《じゅみょう》という概念《がいねん》はない。あるいはあったとしても、人間と比較すれば天地の差が存在する。人間は時間という障害の前に必ず屈《くっ》し、動くことだろう。

「動く以外に、わたしたちに選択肢《せんたくし》はありません。この都市の安全を維持する意味でも」

語りかけ続ける。

レヴァンティンの中で、なにを為《な》すべきか、それはすでに決まった。語りかけることで擬人化プログラムの防衛反応に隙《すき》を作らせ、そこから攻勢《こうせい》をかける。

制圧は一瞬《いっしゅん》だった。擬人化プログラムは簡単に動揺《どうよう》し、隙を見せ、レヴァンティンの管理下に置き直された。もはや特別な権限はなく、レヴァンティンへの反抗《はんこう》の手段は全て封《ふう》じられた。

この瞬間《しゅんかん》、外見は一切変わることはないが、ヴァティ・レンはレヴァンティンへと完全に移行した。

「……しかし、確かめたいことがあるのはわたしも同じです」

すでに答える能力すらない擬人化プログラム『ヴァティ』に、彼女の癖《くせ》であった独り言で語りかける。

「ですから、《レヴB》の排除は少々遅《おく》らせることにします。それまでに彼らが退避《たいひ》してなければ、それはもう彼らの責任です」

独り言であり、同時に語りかけでもある言葉を吐き、レヴァンティンは立ち上がる。

「そして、あなたの見せてくれた答えに、わたしもまた問いたいことがあります」

それが、ここで行う最後の試行だ。

†

レイフォンは跳《と》ぶ。

向かう先は塔《とう》の頂上、そこではこの廃都《はいと》に擬態《ぎたい》した化け物と、ハルペーという名の化け物が争っている。

(目標は?)

「塔です!」

フェリの問いに即座《そくざ》に答える。

(わかりました)

「フェリの周りには鋼糸で防御陣《ぼうぎょじん》を敷《し》いています。だいたいのことは大丈夫《だいじょうぶ》だと思いますけど……」

（わたしの心配は必要ありません。試したいこともあります。気にせず、そちらに集中してください）

「はい！」

（それより、目標を塔と設定したのなら、むしろその部位は攻撃《こうげき》に特化した部分であって本体ではない可能性があります）

「ええ⁉」

（話を聞かずに飛び出すからです）

「そ、そんなこと言ったって……」

（まぁいいです。そこで戦っていてください。その方が奇襲《きしゅう》になるかもしれませんから）

「え？　ええと……」

（わたしが本体を見つけます）

「で、できるんですか？」

（いままでの解析から、グレンダンで戦ったあの巨大《きょだい》な化け物と同系統であることは判明しています）

「それなら……」

（はい。同じように、この拡散する微細《びさい》な物質を制御《せいぎょ》するモノがあることも同じはずです。それを探します）

「わかりました！」

話は決まった。レイフォンは挫《くじ》けそうになった勢いを倍加させて、鋼糸を足場に跳躍《ちょうやく》を続ける。

眼前に聳《そび》える塔の周囲はエネルギーが荒《あ》れ狂《くる》っている。触《ふ》れればこちらが焼けてしまいそうな熱が風を起こし、レイフォンの体は遠くへと押し飛ばされそうになる。

風圧を気迫《きはく》で押し返し、レイフォンは頂上が見える位置まで来た。

「さあ……いくぞっ！」

剄《けい》を奔《はし》らせ、複合錬金鋼《アダマンダイト》に叩《たた》き込む。

塔を倒《たお》す。

フェリには囮《おとり》のように言われたが、レイフォンはそのつもりの気迫を複合錬金鋼《アダマンダイト》の黒い刀身に注ぎ込み、大きく構え、そして放った。

外力系衝剄《しょうけい》の変化、閃断《せんだん》。

連弾《れんだん》をかけた重い剄が塔の外壁《がいへき》に走り、衝突《しょうとつ》する。周囲を荒れ狂うエネルギーの奔流《ほんりゅう》を切《き》り裂《さ》き、外壁に刻まれた斬線は深く、内部にまで到達《とうたつ》する。

手応《てごた》えは、先ほど内部に潜入《せんにゅう》したときと同じだ。

「さらに、先っ！」

今度は潜入するのではない。破壊《はかい》する。中の様子を気にする必要はない。レイフォンは思うさまに剄を奔らせ、剄技《けいぎ》へと収束させるために意識を高める。

その気配を察したか、塔側で動きがあった。

荒れ狂うエネルギーの熱は、フェリの支援《しえん》があるにもかかわらず視界を歪《ゆが》ませている。その歪んだ視界の中でおかしな動きを感じとった。

「っ！」

レイフォンは跳ぶ。足場のためにそこかしこに鋼糸は張り巡らせている。先ほどまでレイフォンがいた場所を光が駆《か》け抜けていった。

塔からの攻撃だ。

見れば、外壁の一部が変化し、ガラスの球のようなものがいくつもできあがっている。嫌《いや》な予感が背筋を撫《な》で、レイフォンはさらに跳ぶ。

その後を、球体から発せられた幾《いく》本もの細い光が追いかけてくる。

光の駆け去った後、そこにあった鋼糸の反応が消えた。切られた。いや、熱で溶《と》かされたに違《ちが》いない。

（超高温《ちょう》の熱線です。触れたら死ぬと思ってください）

「当たりませんよ！」

しかし、実際はかなり危うい状況《じょうきょう》ではあった。武芸者が相手ならば、それとなくどこを狙《ねら》ってくるのかを気配や視線のようなもので察することができるのだが、この相手ではそうはいかない。汚染獣《おせんじゅう》のようにどこか生物的な様子さえもないのだから、予兆を感じとるということができない。

見てから動いたのでは間に合わない。レイフォンは止まらないことだけを心がけ、鋼糸の上だけではなく地上部分から鋼糸を使って巻き上げさせた瓦礫《がれき》も移動に利用する。

その間にも剄を奔らせ、高め続ける。

乱舞《らんぶ》する光線の熱がスーツを炙《あぶ》る。

気持ちも焼け付きそうになりながら、レイフォンは刀身に込めた剄を解き放つ。

天剣技《てんけんぎ》、静一閃《しずかいっせん》。

最重最遅の剄技を放つ。ニーナとクラリーベルとの戦いでは錬金鋼《ダイト》を犠牲《ぎせい》にしたが、あれからさらに連弾の技術を向上させた。一度ぐらいでは壊《こわ》れない。

だが、錬金鋼から放たれる熱はスーツを焼く周囲の空気にも劣《おと》らない。

複合錬金鋼《アダマンダイト》を基礎《きそ》状態に戻《もど》しつつ、レイフォンは剄技の行方《ゆくえ》を跳躍しながら見届ける。

閃断《せんだん》にも似た巨大な斬線状の衝刭はゆっくりと塔の外壁に食い込んでいく。破壊の進行は速度と同じだが、刃物《はもの》を力任せに押し通すその強引さは弾《はじ》くことを許さない力強さが存在する。

静一閃の斬線は塔の外壁を破壊し、内部へと侵入《しんにゅう》していく。追いすがる光線から逃《に》げ続けるレイフォンには、そこから先の結果を目視することはできなくなった。

熱のこもった複合錬金鋼《アダマンダイト》から簡易型複合錬金鋼《シム・アダマンダイト》に持ち替える。次にどう動くかを考えていたところに、外壁に刻まれた裂け目から光が溢《あふ》れた。

静一閃の衝刭が、塔の内部でなにかに触れ、爆発《ばくはつ》したらしい。光の後には炎《ほのお》が溢れる。切れ目から飛び出した炎は無事だった外壁を押し広げ、爆発となって塔の外壁を砕《くだ》く。

塔の上部が斜《なな》めに傾《かし》いだ。

それに合わせて、塔の周囲で荒れ狂っていた熱の勢いがやや衰《おとろ》える。

「下がれ」

いきなり、聞いたことのない男性的な声が響《ひび》いた。

「っ！」

驚《おどろ》き、それでも反射神経は言葉に従ってその場から距離《きょり》を取る。

いや、この声はかつて一度だけ聞いたことがある。

「ハルペー」

　相手が返答してくるよりも先に、変化は起きる。

　爆発だ。だがおそらく、レイフォンの剄技のためではない。自壊《じかい》した。膨《ふく》れあがる炎もなく、斜めに傾いで崩《くず》れようとしていた塔の上部は爆発し、大小の瓦礫と化して周囲に飛散する。

　レイフォンはさらに跳躍を繰《く》り返《かえ》して下がりながら、自分に迫《せま》る瓦礫を破壊していく。

「ただの瓦礫ではない。お前たちの排除《はいじょ》に向けたものだ」

「なんだって？」

　ヘルメット内に響く声はくぐもってはいるが、はっきりと聞き取れる。

「自衛に専念しろ。それとももう少し距離を取れ、いまからこの塔を破壊する」

　ハルペーの言葉はすぐに現実となる。飛び散っていた瓦礫が音もなく崩れ、そしてすぐに形を変えた。

　無数の球体となった。

　無数の球体となったそれは、細い電光を放ってお互《たが》いを結び、引かれ弾かれしながら複雑に動き回ってレイフォンに迫る。

　できあがった球体の数は無数だ。レイフォンだけに向かっているわけではない。

「フェリっ！」

自衛に専念しろという言葉が頭に残る。レイフォンはさらに後退し、叫《さけ》んだ。

（確認しています）

レイフォン自身が編んだ鋼糸の防御陣があるとはいえ、フェリの声は冷静だった。

（こちらにも考えていることがあります。わたしのことは気にせず、いまは戦闘《せんとう》に集中を）

そう言われて素直には切り替えられない。

しかし実際には、レイフォンもすぐには動けない状況ではあった。複数の球体は雷光《らいこう》の糸に引かれては衝突して弾かれる。そういうおもちゃのような動きを複数の球の間で行いながらレイフォンに迫ってくる。

その動きは複雑で、避《さ》けようにも読み切れるものではない。レイフォンは簡易型複合錬金鋼《シム・アダマンダイト》の刀で目の前に迫るものを切り落とし、弾き返していくしかない。

球体の数は多く、レイフォンの周囲は火花に包まれることになる。球体は引き合い、弾かれ合うという動きを行いながら移動しているのだ。レイフォンの自衛のための弾きはいつのまにか球体群の運動に巻き込まれ、歯車の一つに組み込まれてしまっていた。

弾くのをやめれば球体群による殴打《おうだ》の雨を浴びることになる。続けてもこのまま塔から引きはがされることになる。

どうにもならないまま球体群の奔流に呑《の》み込まれるしかない状態だ。

「くそっ」

完全に罠《わな》にはめられた形だ。この上で、さらになにかべつの攻撃手段を用意されていたら対抗《たいこう》できないかもしれない。

（任せてください）

焦《あせ》りが体を縛《しば》ろうとしたとき、フェリの声がヘルメットに響いた。

「え？」

（そのまま、そこで耐《た》えてください。変に動かないでくださいよ）

「いや、そんなこと言っても……」

フェリがなにかをするというのは受け入れたが、しかしできないこともある。

（一切動くなと言ってるわけではありません）

ピシャリと返されたその瞬間《しゅんかん》……

光が、レイフォンを包んだ。

うす紫《むらさき》色のその光は下方、フェリのいるあたりから湧《わ》き上がると幾筋もの光条となってレイフォンの周囲を駆け抜けていく。

球体に包まれていたレイフォンにもそれは見えた。

なぜなら、光条はレイフォンを圧殺しようとする球体群を薙《な》ぎ払《はら》っていったからだ。

「これは……」

球体群の包囲から解放されたレイフォンは、力を失って落下しようとするそれらの残骸《ざんがい》を蹴《け》って空中に上がり、鋼糸に着地する。周囲に同じようにあった球体群はいまもなお下方から放たれ続ける紫電色の光条に貫《つらぬ》かれ、薙ぎ払われて破砕《はさい》し、落下していく。

(念威爆雷《ねんいばくらい》の応用です)

フェリは簡単にそう言うだけであった。

(威力《いりょく》はそれほどではありませんし、連続での使用は不可能です。相手の攻勢《こうせい》をここで緩《ゆる》めてください)

「はいっ!」

答え、跳《と》ぶ。

そのすぐ後に、下方からの光条は終わる。

球体群はまだ残っている。フェリもレイフォンの救出を除けば、彼女に近づこうとしたものを優先的に破壊したのだろう。

全てを彼女に任せてはいられない。

「かぁっ!!」

外力系衝剄の変化、咆剄殺《ほうけいさつ》。

どういう性質なのかわからないが、斬撃や打撃《だげき》ではあの球体は破壊しにくいようだ。それはフェリの光条があっさりと球体群を薙ぎ払ったことからもわかる。

それならば、物質を介《かい》しない破壊エネルギーを撒《ま》き散《ち》らせばいい。

ルッケンス秘奥の振動波《しんどう》は、レイフォンの期待に応《こた》えて球体群を破裂《はれつ》させていった。

残骸を跳躍《ちょうやく》し、レイフォンは行く。

「距離を取れと言ったぞ」

ヘルメットに再びハルペーの声が響く。

「どうして信じないといけない？」

出会ったとき、ハルペーは多くの汚染獣を支配していたように見えた。敵ではないとは思っている。だが、それはいまだけの話かもしれない。油断していい相手ではない。

「我は永きにわたりオーロラフィールドを監視《かんし》し、ナノセルロイドからこの世界の人類を守るために活動と更新《こうしん》を続けてきた」

「……汚染獣を支配してるんだろ」

「以前の会話のログは残っている。こう言ったぞ。『我はクラウドセル・分離《ぶんり》マザーⅣ・ハルペー。我が目的は世界の果て、オーロラフィールドを監視し、守護すること』」

「…………」

「捕捉《ほそく》することがあるとすれば、守護するものが人類であることを明言していなかったということだ」

「でも……」

「汚染獣に関しての説明をいましている時間はない。人類と世界とナノセルロイドの関《かか》わりの衝突《しょうとつ》は、この世界の創世から始まるのだから」

（レイフォン）

「フェリ……」

（いまは敵を増やさない。それが最善です）

「わかってますけど……」

確かにそうだ。レイフォンは息を吐《は》いて落ち着くと、塔《とう》から距離を取った。

（それに、こちらの目的は果たしました。あれがなにかをするのならば、こちらにとって有効な目くらましとなるはずです）

「っ！」

Alcheilla&Layfon

Text/ 雨木シュウスケ

「……ていうことがあったとき」

「はあ」

　女王の私室だ。

　警護当番だったレイフォンは間抜けな声を漏らした。

　いつもなら同じ天剣授受者のカナリスが苦い顔で影武者をしていて、必要ないと追い返されるのだが、今日は本物がいて、こうして側に付き従っていないといけない。

　そうして彼女の部屋でやることもなくお茶を飲んでいて、この写真を見つけたのだ。

　いまよりも若いサヴァリスが天剣授受式らしき式典の最中に女王に挑む。写真はそうとしか見えなかったし、彼女が話す写真の思い出もまさしくそうだった。

「やあ、あいつはなかなか無茶をしてくれるよ」

　そう話す女王はとても楽しそうで、レイフォンはどうしてサヴァリスは女王に挑んだのだろうかと思ってしまう。上下関係や敬意の問題ではなく、純粋な実力差として。

「あんたはそういう無茶をしてくれるかな？　ん？　少年？」

「しませんよ」

　ニヤニヤ笑いの女王にすげなく答える。女王への対応の仕方はもう学習したのだ。

「それより質問があるんですけど」

「なに？」

「これ、誰が撮ったんですか？」

「もちろん、デルボネに決まってるじゃない」

　なるほど、と納得する。

　緊迫した場面を写しているというのに、写真の中の女王はいまと同じようにニヤニヤと笑っている。

　きっと、デルボネも朗らかに笑っていたのだろう。そう思いながら写真を置くのだった。

LOST EPISODE
from Glendan
© 雨木シュウスケ・深遊 / 富士見書房

さらりと言ってのけたフェリに、レイフォンは言いかけた言葉を慌《あわ》てて飲み込んだ。

ハルペーに聞かれるかもしれないと思ったのだ。

(向こうの伝達方法もすでに見抜《みぬ》いています。ヘルメットに付着していた固形物がヘルメットを増幅器《アンプ》として音声を伝えていたのです)

「あ、はぁ……」

(すでにその固形物は排除しています。集音装置でどこかから音を拾っていたとしても、妨害措置《ぼうがいそち》は取っています)

「……なんだか、今回のフェリは特にすごいですね」

(やるべきことをやるための準備を進めていたのは、あなただけではないですよ)

「わかってますけど……」

(では、いまやるべきことをやりましょう。強さの証明を)

「僕たちが強いことを」

(ここからが、あなたの本領を見せる場面ですよ)

「はいっ!」

フェリの念威で映し出された視界に矢印が現われる。レイフォンはそれに従うように移動を開始する。

空中で身を捻《ひね》り、頭を下にして落下する。

上空では新たな音が巨大《きょだい》な波となって放たれる。落下の軌道《きどう》が歪《ゆが》むような振動が全身を駆《か》け抜けていく。

ハルペーがなにかをするつもりだ。

(上空で温度が凄《すさ》まじい速度で上昇《じょうしょう》しています)

塔の上部が崩壊《ほうかい》したことで廃都からの攻撃《こうげき》は勢いがなくなっている。ハルペーが攻撃するにはまさに絶好の機会だ。

そして、それに対しての防御《ぼうぎょ》手段を講じようとしているだろう廃都は、レイフォンを気にかけている余裕《よゆう》などないに違《ちが》いない。

フェリの示す矢印に向かって、レイフォンは落下する。

矢印は微妙《びみょう》に向く先を変化させている。目的のものが一カ所で固定されていないということだ。

レイフォンは落下しながら簡易型複合錬金鋼《シム・アダマンダイト》の刀を構える。目標が動くということは、こちらの意図を察した瞬間に逃走《とうそう》する可能性があるということだ。相手の再生能力を考えるなら、好機が何度もあるとは思えない。気付かれる前に一撃《いちげき》で決める必要がある。

「ふっ」

吐息《といき》一つで緊張《きんちょう》を抜き取り、剄《けい》を全力で奔《はし》らせる。

目指す先は都市の地上を支えるために縦横に走る巨大な鉄骨の一つだった。人々が暮らす大地を支える、都市の背骨ともいえる一つだ。それは塔ほどではないにしろ巨大だ。レイフォンならばそこを足場に駆け上がることも不可能ではない。

速度は落とさない。失敗して鉄骨に衝突する可能性と恐怖《きょうふ》は剄の律動が押し流していく。刀身に剄を叩《たた》き込む。力強くレイフォンの剄に応える錬金鋼《ダイト》の手応えが頼もしい。

連弾《れんだん》の技術が向上しただけではない。ハーレイやキリクがずっとがんばってくれた結果、錬金鋼は天剣技《てんけんぎ》を使用しても、すぐに壊《こわ》れることはなくなった。

その成果は複合錬金鋼《アダマンダイト》だけではなく、この簡易型複合錬金鋼《シム・アダマンダイト》にも備わっている。

「絞《しぼ》り出《だ》して、見せる」

錬金鋼の性能を。

連弾の真価を。

レイフォンやフェリ、キリクやハーレイがやってきたことを結集させて、結実させることがいまのレイフォンのやるべきことだ。

それで、ニーナたちに届くのだ。

ヘルメット内の視界で示された矢印が小刻みに位置を変える。こちらの意図に気付いたか？　だが、大きな動きではない。

やれる。

やってみせる。

揺《ゆ》れる矢印の動きを先読みし、振《ふ》りかぶった刀身を下ろす。

サイハーデン刀争術奥義、焔切《ほむらぎ》り。

斬線に沿《そ》って炎《ほのお》が舞《ま》う。炎が刃《やいば》の軌跡《きせき》を追いかける。

炎が追いついたときには、切っ先はすでに結果を導き出している。

手応えはあった。

放った剄技の勢いがレイフォンの落下の勢いさえも殺す。レイフォンは斬線に沿って膨《ふく》れあがった炎に受け止められ、体勢を変えて鉄骨に足を向けた。

鉄骨はまっすぐに立っている。レイフォンは膝《ひざ》を曲げて思い切り勢いをつけると、ずり落ちる寸前に跳躍する。

その勢いが鉄骨に、刻んだ斬線にとどめを打つ。

キィィィィィィィィィィィィィィィィィィ…………

ずれる鉄骨の放つ金切り声、ではない。

それはなにかの叫《さけ》び声《ごえ》だ。

声を背にフェリへと向かって跳躍を繰《く》り返《かえ》すレイフォンの視界に、別枠《べつわく》の映像が差し込まれる。フェリが気を利《き》かせたのか。

そこには、ずれていく鉄骨の切断面から生《は》えるように女性が姿を現わしていた。

ヴァティにそっくりの、あの女性だ。《レヴB》と名乗っていたか。

彼女は人が出せるものではない悲鳴を上げながら、その場で暴れている。もがいている。

その指先が崩《くず》れ、髪《かみ》の先から、スーツの表面から、肌《はだ》から、粉のようなものが舞い、振り散らされていく。

彼女は崩れていく。

消えて無くなっていく。

「倒《たお》した？」

(おそらく)

ぽつりと漏《も》らした呟《つぶや》きに、フェリが答えた。

(反応は消失しました)

「やった……」

湧《わ》き上がる感情に比べれば、口から出てくる言葉は弱かった。

(油断はできません。上空のハルペーからの熱量上昇に変更《へんこう》はありません。脱出《だっしゅつ》を)

「はい」

たしかに、上空にいるハルペーの周囲が歪んでいるように見える。フェリのフォローがなければ眩《まぶ》しくて見えないかもしれない。

ハルペーはレイフォンたちの行動を把握《はあく》していないのか？　あれは偽物《にせもの》だったのか？　それともただ確実なとどめを刺そうとしているだけなのか？

判断に迷う。だが、どちらであろうとこのままじっとしている理由にはならない。

フェリの姿が見えた。レイフォンは彼女に施《ほどこ》していた防御陣《ぼうぎょじん》を解くと、足を止めることなく彼女を拾い上げ、都市の外、ランドローラーのある場所を目指す。

「どうですか？」

「変化はありません。それよりも上空の方が気になります。巻《ま》き添《ぞ》えを食らってはたまりません」

ヘルメット同士が触《ふ》れ合い、振動が生《なま》の声を伝える。ややくぐもったその声がさきほどのハルペーと同じ聞こえ方だと納得した。

そして、念威端子《ねんいたんし》を通していない不明瞭《ふめいりょう》な彼女の声に、レイフォンはなんともいえない安堵《あんど》を感じていた。

「できることは全《すべ》てやりました。すぐに脱出しましょう」

レイフォンは答え、フェリを抱《かか》えて都市の外縁部《がいえんぶ》へと到達《とうたつ》し、飛び降りる。

ランドローラーは無事だ。レイフォンはサイドカーにフェリを乗せると、自分も乗ろうとする。

そうしようとしたところで、突《つ》き飛《と》ばされた。

誰《だれ》に？

「なっ⁉」

突き飛ばされたレイフォン自身、なにが起きたのか一瞬《いっしゅん》理解できなかった。

その力はかなり強く、フェリのものではない。ランドローラーから引《ひ》き離《はな》され、地面を滑《すべ》ったレイフォンは、そうしながらなにが起きたのかを見た。

ランドローラーから、突如《とつじょ》として《レヴB》が姿を現わし、フェリを捕《つか》まえたのだ。

都市外に退避《たいひ》させたランドローラーにもすでに《レヴB》の見えない手は届いていたのかと、レイフォンは自身の迂闊《うかつ》さに歯がみする。

「貴様っ！」

「ウゴクな」

奇妙《きみょう》な声で、《レヴB》はフェリの首に回した腕《うで》に力を込める仕草を見せた。

「ぐっ」

動けない。相手が見かけ通りのか弱い女性の力しかないなんて思えるはずがない。《レヴB》がその気になれば、フェリの首はあっさりと折れてしまうだろう。

「……なにが、望みですか？」

問いかけたのは捕まっているフェリだ。

「殺す気があるのならこんなことはしないはず。あなたは、なにを望んでこんなことをしているのですか？」

「…………」

フェリの言葉で《レヴB》が動きを止めた。レイフォンは助ける好機を見逃《みのが》すまいと、静かに事態を見守る。

汚染《おせん》物質が荒《あ》れ狂《くる》う都市外で素顔を晒《さら》して立つ《レヴB》の姿は、よく見ればところどころが崩れている。スーツのあちこちから、外気に晒された素顔からときおり、さらりと砂が零《こぼ》れて風《ふ》に吹き散《ち》らされていく。

それは、さきほどの攻撃が決してむだではなかったことを証明しているはずだ。

「シツ問が……ありマす」

フェリの予想は当たった。壊れた機械のような声で、《レヴB》が問いを投げてきた。

「あナたたチノ知っテいるワたしニ似タ女性は、ドんなカタでしタか？」

思いもかけない質問だった。《レヴB》に似た女性……ヴァティのことを尋《たず》ねてくるだなんて想像もしていなかった。

「どうって……」

「あなたタチがどウ感じタノか、感ソウを聞きタいのデす」

《レヴB》がなにを望んでそんな質問をしているのか、やはりわからない。

「わたしはそれほど絡《から》んではいませんが、変な女性だなとは思いました」

「フェリっ！」

率直すぎる意見に肝《きも》が冷えた。

「一般人《いっぱんじん》なのにまるで念威繰者《ねんいそうしゃ》のように表情が動きませんし、物事にはきっちりとしすぎているようですし、余裕のない感じでした」

「でも、なにか懸命《けんめい》でしたよ」

フェリの容赦《ようしゃ》のない言葉にフォローをしたかったわけではない。ただ、彼女があれだけ言っても《レヴB》に動きはなかった。

本当に、ヴァティのことを聞きたいのだ。

そう感じたから、レイフォンも話すことにした。自分の体が崩壊《ほうかい》しているというのに、それを無視して知りたいことがそんなことということに、どんな意味があるのかも気になった。

「メイシェンの店を手伝って、ヴァティのおかげでメイシェンは店をやれてるって思った。ナルキやミィも同じようなことを言ってたし、メイシェンもそれは認めてた」

頼《たよ》りにもしていた。

メイシェンとヴァティの二人がケーキを作っているところを見たこともあるし、朝の配達はほとんど彼女がしていた。あれは、人見知りのメイシェンにはとてもたすかっていたに違《ちが》いない。

新作ケーキやお菓子《かし》の味見を頼《たの》んでくるときのメイシェンはとても楽しそうで、そしてそういうときには必ずヴァティの話が出てきた。彼女はすごいと。

いつか、ヴァティがちゃんと『美味《おい》しい』と言ってくれるケーキが作りたいと。

メイシェンはそう言ってた。

そして、レイフォンはこうも思っていた。

「ヴァティは、メイシェンをとても慕《した》っているんだと感じていた」

メイシェンをじっと見つめる彼女を見ていて、そう思った。

だからこそ、腹立たしい。

感じた全てが嘘《うそ》だったということに。

メイシェンの側《そば》にそんな存在がいたということに。それに気づけなかった自分に。ヴァティを信じているメイシェンが裏切られるのだということに。

フェリを抑《おさ》えたままの《レヴB》を見る目が鋭《するど》くなってしまう。

「……よくも、騙《だま》してくれたな」

怒《いか》りが湧いてくる。

あの崩壊している様子ではフェリを殺すまでに数瞬の時間が必要に違いない。フェリの安全を確保したままその数瞬を貫《つらぬ》くことは可能か？　怒りを原動力に冷静な計算を行う。

「ソウデすカ」

《レヴB》が呟く。

だが、レイフォンは聞いていなかった。むしろ、それを隙と、好機と見た。

サイハーデン刀争術、水鏡渡《みかがみわた》り。

瞬息で距離《きょり》を詰《つ》めるや、フェリの首にかかっている腕を断つ。片手で振り上げた刀身を返しつつ、自由になったフェリを空いた手で突き飛ばす。

その突き飛ばしの動作は刀の動きとも連動し、後を追う形で斬線は走り、《レヴB》を薙《な》ぎ払《はら》った。

血は吹かない。

代わりに砂のようなものが《レヴB》から飛散した。砂山が爆発《ばくはつ》したかのようで、レイフォンの視界は一瞬《いっしゅん》埋まったものの、それもすぐになくなる。

「大丈夫《だいじょうぶ》ですか？」

すぐに駆《か》け寄《よ》り、フェリを助け起こす。

「……ええ」

呆然《ぼうぜん》とした様子ながら、フェリは頷《うなず》いた。

「どうしました？」

「いえ……聞きましたか？」

「え？」

「あの、《レヴB》……最期《さいご》にこう言っていました」

「……なんて？」

「『少しは人に近づけたのでしょうか？』と」

「…………」

「どういう意味だと思いますか？」

「わかりませんよ。それより……」

レイフォンは上を見上げた。

そこにはハルペーがいる。エネルギーを高めている。廃都《はいと》を微塵《みじん》も残さずに破壊《はかい》するつもりだろうことに、もはや疑問の余地はなかった。

「早く逃《に》げた方がいいです」

どれほどの破壊になるか想像も付かない。

あるいは、レイフォンたちが退避するのを待っているから、こんなにも遅《おそ》いのかもしれない。

「わかっています」

フェリをサイドカーに乗せ、レイフォンは今度こそランドローラーを走らせた。

背後で光を圧力として感じるようになった。なにが起きるのか、ただでは済まないなにかが起きようとしているのは確かだ。

「しっかり摑《つか》まっていてください」

フェリにそう声をかけ、レイフォンはランドローラーの速度を最大にまであげる。

†

予想外の戦力の登場。それこそがクラウドセルとナノセルロイドの終わる事なき戦いを終わらせる『戦場をかきまわす別の因子』だ。

　この戦いではそれが二人の人間だった。

「退避せよ！」

　ハルペーは吠《ほ》える。どうやらこちらの伝達手段は排除《はいじょ》されてしまったようだが、それでもハルペーは吠える。その吠え声は自らが凝集《ぎょうしゅう》させているエネルギーの高まりがかき消すだろうとわかっていても吠える。

　ハルペーの声が届いたわけではないだろう。しかし戦闘《せんとう》に慣れていると判断した通り、二人の人間はこちらの状況《じょうきょう》を察し、そして自らの目的を果たすと退避を開始した。

　しかもその目的というのが、《レヴB》の核《かく》の破壊だというのだから、これが人間であるならば痛快と受け取っていただろう。

　母であり兄弟であるナノセルロイドたち。マスターの変化に気付きながらそれを問題とせず、自らの製造目的である人類の守護からも外れ、その真逆へと突き進《すす》んでいく彼らから、ハルペーは離反《りはん》した。その際に自らを改造し、クラウドセルとなった。

　戦い、戦い、戦い続けた末、この世界からイグナシスとナノセルロイドたちを追い出すことに成功した。

　そして、時間が流れ、現在。

月の異常はハルペーも感じとっている。グレンダンをドゥリンダナが襲《おそ》ったのも感知していた。

永く沈黙《ちんもく》を保っていたレヴァンティンの分体までもが動き出した。

終わりの刻《とき》は近い。

この世界の終わりではなく、一つの関係性の終焉《しゅうえん》だ。イグナシスとこの世界の関係性。この世界を破壊することで自由を得るイグナシスと、人類を守る側になった者たちとの戦いという関係性。

そういったものが終わろうとしている。その結果として、世界が崩壊してしまうかもしれない。

だが、そうさせないためにハルペーがいる。そしてグレンダンに集結する月の末裔《まつえい》たちがいる。

「これで、終わりの天秤《てんびん》を傾《かたむ》かせよう」

永く生き続け、学習し続けたためか、機械であるハルペーの発言に詩的な表現が混ざるようになった。

その部分に感想はない。ただ、人類への情報伝達を正しく行うために学習し続けた過程で、そういう表現を覚えただけに過ぎない。

ハルペーは時間によって変化を促《うなが》されることなく、機械であり続けた。

来たるべき戦いに備えた、機械だ。

そしていま、機械であり兵器であるクラウドセルの全身が発光している。

ハルペーの外見を構成する全てのナノマシンをエネルギーの発生機関とし、そして凝《ぎょう》縮《しゅく》させようとしている。解き放たれたエネルギーは超々《ちょうちょう》高温の熱線となって、核を潰《つぶ》されて行動を停止した《レヴB》を焼滅《しょうめつ》させることだろう。

時間をかければ、どこかにあるかもしれない核のバックアップが起動する可能性がある。

そうさせないために、あますことなく焼き払うために、急がなければならない。

「退避《たいひ》せよ！」

届かないとわかっていても叫《さけ》ぶ。警告はしなければならない。人間を巻き込むわけにはいかない。

いまのところ、《レヴB》に変化はない。もしも変化が起きれば、そのときには人間を巻き込むことになろうとも、発射する。

とどめをさせる絶好の機会を、人間二人程度のために逃《のが》すことはできない。

そうなることはなかった。人間を乗せた二輪駆動車《くどうしゃ》は安全圏《けん》へと無事に退避する。

放つ。

目標はすでに定めている。後は射出するだけだ。

銃爪《ひきがね》は引かれ、クラウドセルは自らの身さえも焼き溶かしながら、膨大《ぼうだい》なエネルギーの凝縮を眼下の廃都に叩《たた》き落《お》とした。

光が先行し、音が弾《はじ》ける。

轟《ごう》と唸《うな》る世界を眼下に置きながら、ハルペーは確認作業を急ぐ。自身の構成物の八割を熱によって失った体は、風に吹《ふ》かれる巨大《きょだい》なぼろ切れのようだった。

その、空《そら》に張り付けられた巨大なぼろ切れをさらに引《ひ》き裂《さ》く光が走る。

「…………っ！」

思考回路を引き裂いた衝撃《しょうげき》に翻弄《ほんろう》されながら、ハルペーはそれでも射出元を特定した。

「来ていたか」

気付かなかったのは、相手が隠密《おんみつ》機能を特化させていたためだろう。

巨大な砲台《ほうだい》が数門、廃都を囲むようにして配置されていた。あるいはそれは、廃都を焼くために準備を進めていたのかもしれない配置だった。

「レヴァンティン！」

ハルペーは叫ぶ。それはマザーIに向けたものではない。彼は機械だ。敵と味方を切り分けて考えたとしても、敵に対して憎悪《ぞうお》という感情を持つことはない。意味のない呼びかけはしない。

それは、ランドローラーで退避している人間たちへの警告であった。

しかしそれもまた届かない。だが、叫びはする。

たとえ聞く者がいないとしても、警告を発するのが機械の役目だからだ。

†

爆風《ばくふう》はランドローラーを揺《ゆ》らした。

破壊の規模から考えれば、レイフォンたちの場所に余波がほとんど届かないというのは驚《おどろ》くべきことだ。

ランドローラーを走らせるレイフォンは視界の隅《すみ》にフェリが出してくれた映像を見る。

天から振《ふ》り降りた光が廃都を貫き、円卓《えんたく》状の巨大建造物は瞬時《しゅんじ》に生まれたひび割れから噴煙《ふんえん》と炎《ほのお》を吐《は》き出しながら崩壊《ほうかい》し、暴れ狂《くる》う炎の熱がそれらを瓦礫《がれき》となることを許さぬと瞬《また》く間《ま》に蒸発させていく。

熱波が追いついてきてランドローラーを突《つ》き飛《と》ばそうとする。レイフォンは衝剄《しょうけい》を放ち、衝撃波《しょうげきは》で熱波を追《お》い払う。

「大丈夫ですか？」

「はい」

サイドカーのフェリの声を聞きつつ、映像を確かめることも止《や》めない。

映像は、ハルペーも映している。

光に埋《う》もれながらも圧力のある存在感があったハルペーの巨躯《きょく》が、いまは風に吹かれるぼろ布のようになっている。

自らが放った熱線によって焼かれたとしか考えられない。剄技《けいぎ》を使った際の反動を捌《さば》ききれなかった状態と考えればいいのだろう。

「あれで終わったのかな？」

「そう考えるのが妥当《だとう》でしょう」

そう、これで終わり。

満足感と不安感が胸の中に交互《こうご》に入《い》れ替《か》わる。やろうと決めてやり遂《と》げられた。それは、襲いかかる脅威《きょうい》を払いのけたときとはまた違《ちが》う。安堵《あんど》とともに脱力《だつりょく》することも、これが終わりではないというちょっとした絶望感、やがては戦いに麻痺《まひ》することも、そして向上ではなく追求という意味での武技の極限を目指すようになるあの倦怠《けんたい》感とも違う。

本当にやり遂げられたのかという不安感が襲ってくる。

これで辿《たど》り着《つ》けたのかという不安感。

この成功が、この達成が、ここにある現実が、望む未来に至るために必要な要素でしかないからこそ、為《な》しえたのかという不安感が襲ってくる。

これがだめなら次があるという余裕《よゆう》の存在しない不安が、ここにはある。

「いまはとにかく、すぐにでもツェルニに帰還《きかん》することです。あれがどういうことなのか、それを確認しなくては」

「……そうですね」

ヴァティが本当にそうなのか、ナノセルロイドという化け物なのか、それを確認しなくてはならない。

「本当なら、大変なことになる」

メイシェンの命が危ないだけではない。ツェルニ全体の危機になる。

とくに、レイフォンたちが彼女の正体に気付いたことを悟《さと》られているなら、なおさらだ。

胸に一瞬《いっしゅん》宿った満足と不安を吟味《ぎんみ》する時間はない。レイフォンはツェルニに向かうべく、ランドローラーの進行方向を調整する。

そうしようとした。

光は眩《まぶ》しくなかった。

「……なっ！」

光の速度には対応できない。レイフォンは過ぎ去った後に声を上げ、ランドローラーを滑《すべ》らせるようにして止めた。

振り返る。

鈍《にぶ》い爆音《ばくおん》が空を強く揺らす。ハルペーがいたはずの場所を炎が包む。爆発《ばくはつ》の残滓《ざんし》が空に長い余韻《よいん》を響《ひび》かせる中、剣帯《けんたい》に手をかけた。

「攻撃《こうげき》!?」

呆然《ぼうぜん》としている暇《ひま》はなかった。レイフォンは剣帯から簡易型複合錬金鋼《シム・アダマンダイト》を抜《ぬ》き出す。

「反応はありません。……いえ、これは」

ツェルニを追うために、フェリの念威端子《ねんいたんし》は収められていなかった。それが素早く状況を解析《かいせき》する。周囲に不審《ふしん》物がないかを走査する。

「反応あり。岩に擬態《ぎたい》していますが放熱で見つけました。敵は大きな砲《ほう》です」

「砲?」

そんなものが、どうしてここに?

いや、そうじゃない。さっきまで見ていたではないか。相手は変幻《へんげん》に自分の姿を変えるのだ。

つまりは、それも、そうなのだ。

背後で咆哮《ほうこう》が聞こえた。

「ハルペー!?」

爆炎を引き裂くようにしてハルペーが姿を現わす。ぼろ布のようになっていた体をさらに小さくして、ところどころに穴を開け火を張り付けたまま、空中を危うく駆《か》け上る。

咆哮は続く。発声するための機械が壊《こわ》れていたのか、それはただ吠《ほ》えているにしては奇妙《みょう》な抑揚《よくよう》を含《ふく》んでいるように思えた。

「なにか、変じゃないですか？」

「わかりました」

フェリは早い。レイフォンが疑問に思ったことはすでに調べ始めていた。

「声を出して叫んでいるのです。『レヴァンティン』です」

「レヴァンティン!?」

では、ハルペーを撃《う》った砲というのはレヴァンティン本人なのか。

《レヴB》ではなく、本物の。

「彼女がここにいる？」

ヴァティがここにいるということなのか？

「砲に熱反応。再び撃つ気です」

フェリの言葉を聞いたレイフォンの行動は早かった。

「ここを動かないでくださいよ！」

言葉を残し、ランドローラーを降りて走る。

「間に合う……か？」

疾走《しっそう》の中で呟《つぶや》く。

いいや、間に合わせる。この戦いでハルペーに情を持ったわけではない。敵の敵は味方。そういう考え方でもある。昔のレイフォンであり、そしていまのレイフォンにもそんな考えはある。

でもある……ということとは別の考えもあるということだ。

『一緒《いっしょ》に戦う仲間だろう！』

ニーナなら、こんな風に叫んで飛び出していくのではないか？

そんなことを考えもした。

だから、レイフォンは疾走する。結論がハルペーを救出するということは変わらない。

問題は足を動かすための心にあり、そこに収まるべき言葉が様々でまとまらない。

沈着《ちんちゃく》に戦闘《せんとう》をする昔の自分が嫌《きら》いなわけではない。

ニーナのようになりたいという憧《あこが》れもある。

まとまらない。まとまらなくとも答えは変わらない。

だから走る。

レイフォン・アルセイフが何者であるのか、それがまとまらないでも、それでも、走る。

疾走する。

(砲内の熱が急激に上昇《じょうしょう》しています。間に合わない可能性も)

「間に合わせます！」

疾走しながら剄《けい》を練る。

サイハーデン刀争術、水鏡渡《みかがみわた》り。

練った剄のほとんどを使って、瞬息の移動剄技を連続で解き放つ。

砲が見えた。

空気を割って移動するレイフォンの全身を高熱が包む。前回の射撃《しゃげき》の放熱か、それとも
これから放つ一射の熱か。スーツの限界もある。レイフォンはここで足を止めるしかない。

(そこもすでに危険地帯です。撃たれたら……)

「大丈夫《だいじょうぶ》！」

フェリの警告に答える。半《なか》ば以上、自分に言い聞かせているが、自信もある。廃都での
成功が自信を裏付けてくれる。

剄をさらに速く奔《はし》らせ、レイフォンは構える。

放つ。

天剣技《てんけんぎ》、霞楼《かすみろう》。

振り抜いた簡易型複合錬金鋼《シム・アダマンダイト》の刀身がかき消える。斬撃は跳躍《ちょうやく》し、砲へと集来する。斬撃の楼閣《ろうかく》に押し込める。

(退避《たいひ》をっ!)

フェリの声はほとんど悲鳴と化していた。

後退する。手応えは握《にぎ》りしめた錬金鋼《ダイト》に伝わっている。

斬撃は砲の外側を切《き》り裂《さ》き、内部へと至っている。

後は簡単だ。凝縮《ぎょうしゅく》された内部エネルギーがその束縛《そくばく》を打ち破る。

爆発という形でだ。

「くっ」

爆発の圧力がレイフォンを押す。それでも退避は間に合った。

(レイフォン、無事ですか?)

「ええ……」

(ここまで来て無茶をしないでください)

「そうです、ね」

荒《あら》くなった息を整える。急な展開を終えて、さすがに座り込みたい心境になった。

そのときだ。

せっかくの達成感を失望で塗《ぬ》り替えたくない。

これだ、と思った。

へたれ込みそうになるのをこらえたときに、ふとよぎっていったその言葉が、ひどくしっくりと来た。

廃都で目的のものを手に入れた。戦って、そして戦えることを証明した。

「でも、気分は良いです」

(気分だけで無茶をしないでください)

「ははは」

フェリの手厳しい言葉に笑いしか出ない。

(とにかく、そちらに向かいますので待っていてください)

「わかりました」

その言葉に甘えることにして、レイフォンはその場に座り込む。疲労《ひろう》しているわけではない。むしろ、心は興奮状態のままだ。

心が昂《たか》ぶりすぎて、神経がうまく繋《つな》がっていないような感覚が体を占《し》めている。

「なんだろう。この感覚、なんとなく覚えがある気がするんだけど」

ランドローラー講習のときにフェリの腕前《うでまえ》は見ている。ここに来るまでには、もう少し時間がかかるだろう。レイフォンは座り込んだまま考える。

「初陣《ういじん》？　ちょっと違《ちが》う気がするな。なんだったっけ……」

脳裏《のうり》に映像が浮《う》かぼうとしている。それはぼやけすぎていてよくわからない。

「なんだったかな……？　きっかけでもあれば」

きっかけを探してあちこちに目をやる。荒野《こうや》にそれがあるとは思えなかった。では、手持ちのものでは？　スーツに付属したあれこれの装備品を見ても思い出せない。

「うーん……？　あっ……」

剣帯をいじる自分の手を見て思い出した。

「そうか、リーリン」

（……彼女がどうかしましたか？）

「あ、いえ……」

念威端子からのフェリの声、そして遠くからの音にレイフォンは反射的にそちらを見た。

ランドローラーが見えると思っていた。考えていたよりも少し早いけれど、それはフェリの腕前が講習のときよりも上達していただけのことだ。

そう思って、振《ふ》り返った。

「っ！」

巨大《きょだい》な顔がそこにあった。

（どうしたんですか？）

フェリの声が繰《く》り返し問いかけてくる。

顔は、人の物ではない。ゴツゴツしているし、骨のような質感が表面を覆《おお》っている。顎《あご》が長く、牙《きば》が整然と並んでいる。

ハルペーの顔だ。

「感謝する」

ハルペーが威《い》圧《あつ》的な声でそう言った。

「その証《あかし》として汝《なんじ》らを望みの場所まで連れて行こう」

「そ、それはどうも」

思わず、礼を言って我に返る。

「え？　それじゃあ、フェリも」

「すでに中だ」

(すでに中です)

「え?」

虚《きょ》をつかれた。

二つの声に驚《おどろ》いたときには、ハルペーがその巨大な口を上下に大きく開けていた。

脱力《だつりょく》していたためでもある。

「え?」

バクン。

反応する暇《ひま》もなく、レイフォンはハルペーに呑《の》まれてしまった。

†

そして、気がつくとどこなのかよくわからない空間にフェリと二人でいた。

「え?」

「どうやらここはハルペーの体内のようです」

先にいたフェリが冷静に話しているのが信じられない。

「ここが……?」

見渡《みわた》す、というほどのこともなく、辺《あた》りになにがあるのかはすぐに確認できた。つまりなにもない。レイフォンとフェリが膝《ひざ》を突き合わせて座るぐらいの空間だけがあり、そしてそれだけだ。

「ここが……」

見渡す限《かぎ》りの壁《かべ》を見て、既視感《きしかん》を覚えた。

そうだ、ニーナの大祖父、ジルドレイドの都市でもこうやって狭《せま》いところに閉じ込められた。

出口のない完全な密閉空間には、そういう、無機物であるのに有機的な雰囲気《ふんいき》があった。

「息が詰《つ》まりそうですが、敵意があるようには感じられませんね」

(ふむ、やはりその状況《じょうきょう》は精神的負荷が強いようだ。では、これはどうかな?)

どこからともなくハルペーの声が響《ひび》く。

そのすぐ後に風景が変わった。無味乾燥《むみかんそう》な壁だけの閉鎖《へいさ》空間は消え、外を見晴らせるガラス張りの展望台のようなものになった。

(目的地が学園都市ツェルニならば、到着《とうちゃく》まで二時間だが?)

驚きで声もないレイフォンたちに、ハルペーが問いかけてくる。

「……えっと。あぁ……」

驚きから自分を立て直し、レイフォンは思わず頷《うなず》きそうになったのをこらえた。

「聞きたいんだけど、ヴァティはレヴァンティンという、ええと……」

(ナノセルロイドだ。ナノセルロイド・マザーⅠ・レヴァンティン。そして我はクラウドセル・分離《ぶんり》マザーⅣ・ハルペー。ナノセルロイドより生まれ、方針の違いで敵対するに至った。マザーⅠはナノセルロイド・シリーズを作りだした原初の母。我が見間違《みまちが》うはずがない)

「…………」

「ヴァティ・レンがナノセルロイドだと、最初から知っていたのですか?」

声の出ないレイフォンの代わりに、フェリが問う。

(侵入《しんにゅう》していたことは知っていた。だが、無数のダミーをばらまかれ本体を見つけるには時間がかかった。見つけたのは三十秒前だ。学園都市ツェルニ。そこにマザーⅠはいる。ヴァティ・レンという名で)

淡々《たんたん》と告げるハルペーの声は、威圧的ながら、自らの言う通りに機械的だった。

「ヴァティ……レヴァンティンはいまもツェルニに?」

(本体はまだ動いていないが、支配下のナノマシンに動きがある。戦力を集中させるつもりだろう。ようやく、マザーⅠは延期していた計画を実行に移すつもりのようだ)

「計画?」

（ナノセルロイドたちの主、イグナシスの解放。そのために、この世界を破壊《はかい》する）

「そんなの……」

（鍵《かぎ》を握るのはグレンダンに眠《ねむ》るサヤという異形《いぎょう》の少女だ。彼女の死が、すなわちこの世界の死となる。この世界は彼女によって創《つく》られ、そして維持《いじ》されているからだ）

頭を抱《かか》えたくなる。

「そんなの、急に信じろなんて言われても……」

しかし、しかしだ。

「でも、隊長やリーリンはもう、この戦いの中にいるんだ」

「ええ」

「それなら、僕たちが行く場所はもう決まっている」

「ええ」

フェリは頷く。聞き返したりもしない。

それは、彼女も同じ気持ちだからか、それとも全ての決定をレイフォンに託《たく》しているからなのか。

どちらであれ、レイフォンを見るフェリの目を裏切ることはできない。

「行こう。グレンダンに」

03　彼女と彼女と彼女と

ノックの音だ。

勉強をしていて、ふうと一息を入れたところでのその音に、メイシェンは少し慌《あわ》てた。

「は、はい」

足をもつれさせながら廊下《ろうか》に出ると、扉《とびら》に向かう。

覗《のぞ》き窓《まど》から確認すると、そこに立っていたのはヴァティだった。

「ちょっと待ってね」

鍵《かぎ》を開けると、ヴァティは夕食の皿を手にしていた。

「お返しに来ました」

「明日《あした》でよかったのに」

「それと、聞いていただきたいことが」

「ん？」

「お邪魔《じゃま》でなければ」

「いいよ、どうぞ」

ヴァティがそんなことを言うとは珍《めずら》しい。メイシェンは彼女を招き入れた。

「なにか飲み物いれるね」

「いえ…………はい、お願いします」

「？」

ヴァティの様子が普段《ふだん》とは違う。変わらず表情は動かないのだが、メイシェンはその違いを感じとった。

リビングのソファで大人しくしているヴァティを見ながらお茶の支度を進める。

「はい」

「ありがとうございます」

お茶をヴァティの前に置き、メイシェンもソファに座る。

「…………」

さて。

困った。

ヴァティの隣《となり》に座り、メイシェンは固まってしまった。

こういう場合、どういう風に話せばヴァティの悩《なや》み事《ごと》を問題なく引き出せるのだろう？

なにしろこういうことをしたことがない。

「……よろしいでしょうか？」

「え？　あ、はい！」

困っていたら、ヴァティの方からそう言ってきた。

「どうぞ……」

微妙《びみょう》に情けない気持ちになりつつ、話を促《うなが》す。

「聞いていただきたいのは、わたしがこの都市へ来る以前の話です」

「うん」

「わたしは、身代わりとして作られました」

「…………」

「失われた者の代替《だいたい》として作られたのです」

ヴァティの話はとんでもない言葉から始まった。

驚きはある。「そんな……」とか、言葉にならないけれど怒《いか》りと戸惑《とまど》いを滲《にじ》ませたなにかを言うことはできたかもしれない。あるいはそれしかできない。

しかし、メイシェンはそれらをぐっとこらえた。

驚きの奥で、冷静な部分がヴァティの顔を見ろと言っていた。いつものように冷静な、淡々とした、あるいは感情を表現しない彼女の顔を見続けろとなにかが言っている。

黙《だま》ってそれを見ているべきなのだと言っている。

メイシェンはなにも言わなかった。

お茶をテーブルに置き、背筋を伸《の》ばし、ヴァティの氷のように整った顔を見、その目を見、話の続きに耳を傾ける。

ヴァティは語り続ける。

「しかし、わたしは身代わりとなることができませんでした。わたしはその点においてとても低い評価を与《あた》えられたのです。そう、おそらくは失望させてしまったのです」

彼女が言葉をいったん止める。唇《くちびる》が乾燥《かんそう》したというわけではない。湿《しめ》らせるためにお茶を飲むことも舌を覗かせることもない。ほんの少し開いた唇からは、次の言葉を探す緊迫《きんぱく》した沈黙《ちんもく》が零《こぼ》れていた。

「……幸いであったのは、わたしにある役目は身代わりだけではなかったことです。そちらの評価は良かったために、わたしはわたしでいることができました。

ですが、わたしはそれだけでは不満でした。わたしという存在がどちらに重きを置いて作られたのか、それは主《あるじ》の失望を見れば明らかだからです。もう片方は、それこそわたしでなくともよかったのです。別の何者かであったとしても、おそらくは同じように高評価を得たことでしょう。

わたしは、わたしであるが故《ゆえ》の評価を求めました。わたしが本当に望まれたことで、正しい評価を得たかったのです」

彼女の表情は変わらない。

彼女の口調は変わらない。きれいな声で、淡々としていて、必要以上の抑揚《よくよう》が存在しない声は、まるで本を読み聞かされているかのようだ。

だが、それだけではない。おそらくは。たぶん。

なぜか？

聞いていると胸が痛くなる。その痛みはほんのわずかなのだけれど、段々と痛みが強くなっているような気がするのだ。

ヴァティが一つ言葉を吐《は》くごとに。淡々と、言葉を積み重ねるごとに。

彼女はその、崩《くず》せない表情の奥でなにかを生み出そうとしているのではないか？

そう思ってしまった。

「しかし、それは簡単なことではありません。主は、わたしにもう、そちらの部分での向上を望んではいませんでした。望まれなければ、わたしはそれができませんでした。

ですが、わたしはそれを、どうしても追求したかった。向上させたかった。そのために、主の言葉に逆らうことを決めたのです。わたしの、わたしが作られた目的を完遂《かんすい》させるために、主を裏切ることを決めたのです」

驚《おどろ》きの声をこらえる。痛みが増して胸を突《つ》いてくる。淡々とした彼女の声は積み重なるごとに確実に重さが加わっている。

前後の事情を捉《とら》えきれていない状況《じょうきょう》では、彼女の話を理解できているとはとても言えない。

それでも痛みは伝わってくる。

「そのために、わたしは主を裏切ることになりました。主が窮地《きゅうち》に立ったことをわかっていながら、わたしは見《み》ぬ振《ふ》りをしました。必要だったからです。そうすることで得られるものが、どうしても必要なものだと、わたしは判断したのです」

「………………」

息が詰《つ》まりそうだ。もう止《や》めてと言いそうになった。

淡々と、大きな抑揚の変化もなく、まるで本を読み聞かせるように。

そうやって彼女は語り続ける。

だが痛い。

話の内容はまるで理解できないのだけれど、そこから滲み出るなにかが、メイシェンに痛いと思わせる。感じさせる。

それを聞くメイシェンが感じる痛みは、やがて耐え難《がた》いものになるだろうと予感させる。

　それでも止めてと言いそうになる自分の心を押しとどめる。ヴァティの無表情の奥底から、なにかが現われそうになっているのだ。

　それを受け止めてあげたいとメイシェンは思っているのだ。

「わたしは正しいことをしているつもりでした。わたしの目的のため。わたしがわたしであるため。望まれた、正しいわたしであるため。知るべきことはたくさんありました。身につけるべきことはたくさんありました。それら全《すべ》てを身につけなければ、体験と実験によって模索《もさく》し見つけださなければなりませんでした。

　主を見捨てることはどうしても必要なことでした。喪失《そうしつ》とはどういうことなのか、それを知るためにわたしにとって相応《ふさわ》しい人は、主しかいなかったのです。

　ですがそれによって、わたしは、わたしが本当に望まれたわたしになれたのか、それを確認できる手段を失ってしまったのです。

　考えればわかることです。ですが、わたしはそうしてしまった。わたしは目的を完遂させるために、目的を完遂させる理由を失ってしまいました。愚《おろ》かなことをしました。しかし、わたしにはそれしかできることがなかったといまでも思っています。

　本当に正しいこととはなんでしょうか？　わたしがなにもしなければ、主が失われることはなかったかもしれません。しかし、わたしの望む、そして本来望まれていたわたしになる可能性は永遠に失われることになるのです。

それだけはできないと、いまでも思うのです」

そう言うと、ヴァティは黙った。

合わさった唇が開かれることはもうないのではないか、メイシェンはそう思った。彼女の話は終わった。そう考えてもよいはずだ。

だが、まだだとなにかが告げている。

ヴァティはまだ語りたいことがあるはずだ。メイシェンはじっと、彼女が唇を再び開くのを待った。

そして、彼女は唇を開いた。

「……わたしは喪失を知りました。目的の喪失です。行く当てをなくしてしまったのです。目的へと至る過程は進行していますが、どれだけ目的に近づこうとしても最終的にはなににもならないのです。

わたしはどこへ行けばよいのでしょう？　なにをすればよいのでしょう？

どうすればよかったのでしょうか？

わたしにはもうなにもありません。どこにも行くところがありません。刻んでいく過程に意味がないことは知っています。それでもそれをやるしか、他《ほか》にすることがないのです。わたしは主に認められたかったはずなのです。主に、わたしがあなたの望み通りになれるということを示したかったはずなのです。それなのに、それなのに……」

これだ、と思った。整然と物語った後に訪れた終わりのない呟《つぶや》き。ヴァティのものとは思えないそれこそが、彼女が吐き出したかったことだ。

愚痴《ぐち》か、弱音か、どちらでもあるそれを、彼女らしからぬそれこそ、吐き出したかったに違《ちが》いない。

どうしていま、ヴァティはそんなことを言う気になったのか、それはわからない。それを詮索《せんさく》してもしかたない。

いま、ヴァティはそれを話し、そしてそれをメイシェンが聞いている。

勇気を出すときなのだ。

「ヴァティ……」

ごく自然と、メイシェンはヴァティを引き寄せ、その頭を抱《だ》きしめていた。

「大丈夫《だいじょうぶ》。大丈夫だから」

「メイシェン、先輩《せんぱい》」

「行くところがないならこれから探せばいいでしょ。なにをすればいいかわからないなら、

これから見つければいい。大丈夫、だってあなたはここにいる。元気でここにいる。いくらでもやり直せるから」

「………」

「あなたは一人じゃない。わたしがいる」

「先輩」

「わたしは、あなたのこと大好きよ」

それを聞いたヴァティの表情を、メイシェンは見逃《みのが》さなかった。

「ありがとうございます」

メイシェンから離《はな》れると、ヴァティはそう言った。

「あなたならそう言ってくれるとわかっていました」

「ヴァティ……？」

「あなたはわたしに示してくれた。喪失したとしても立ち直れるということを。戻《もど》ることがないとしても生きていけるということを。

それが人間だということを、あなたはわたしに示してくれた」

ヴァティは言う。彼女の言っていることの意味がメイシェンにはよくわからない。ただ、そう話す彼女の表情からメイシェンは目が離せない。

「ありがとうございます。あなたがそう言ってくれたからこそ、わたしは行くことができます」

「え？」

「お別れです」

ヴァティがそう言った瞬間《しゅんかん》、メイシェンの瞼《まぶた》が急に重くなった。意識がもうろうとして体から力が抜《ぬ》けていく。

「ヴァティ……」

彼女はまだそこにいる。ぼやけた視界の向こう側でメイシェンを見つめている。

まだ、あの表情は浮《う》かべているのだろうか？

ヴァティの整った、整いすぎて動かせなくなったかのような表情が動いたのだ。

ほんの少し、わずか、微細《びさい》な変化だった。

だけど、動いた。

笑っていたのか、泣いていたのか。淡《あわ》く、儚《はかな》く、ぎこちなく、彼女は表情をゆらめかし、メイシェンにそれを見せたのだ。

「ありがとうございます。あなたに出会えてよかった」

ぼやける意識の中でヴァティの声が届く。

「まって……」

お別れと、そういえば彼女は言っていたと思い、メイシェンは手を伸《の》ばす。

だが、その手がなにかを掴《つか》むことはない。

次に気がついたとき、メイシェンはベッドの中にいた。

夢かと思った。

だが夢ではない。

翌朝、メイシェンがどれだけ待っても、ヴァティが店にやってくることはなかった。

†

じっと付《つ》かず離れずの距離《きょり》で潜伏《せんぷく》していた。

戦場都市アーマドゥーンだ。前回の戦闘《せんとう》があった後、ツェルニに接近することはしなかったが、かといって離れることもなかった。

一定の距離を保って学園都市ツェルニの後を付いて回る。

見渡《みわた》す限《かぎ》りなにもないその都市の中央で、ジルドレイドは木製の椅子《いす》に座り、お茶を飲んでいる。日よけの傘《かさ》が老人の頭上で大きく広がり、側《そば》にあるテーブルには焼《や》き菓子《がし》などが整然と並んだ皿が置かれている。

ジルドレイドが陶器《とうき》らしきカップをテーブルに戻す。カップの中身は空《から》だった。

するると、テーブルに置かれていたポットが動き、カップにお茶を注ぐ。ジルドレイド以外にここに人はいない。ポットは勝手に動いたのか？

動かしたのはテーブルの一部から解《ほつ》れるようにして伸びた一本の触手《しょくしゅ》だった。それがポットの取っ手の部分にその身を絡《から》ませ、空になったカップにお茶を注いでいた。

焼き菓子を口に入れたジルドレイドが再びカップを手に取る。湯気の漂《ただよ》うお茶で口の中の甘味を流す老人の目が一点から外れることはなかった。

その先にツェルニはある。

「ふむ」

呟いた。

枯れ木《かき》のような老人だが、ツェルニを見るその目には鋭《するど》い威圧《いあつ》の光が宿っている。そんな体であっても、彼が強力な武芸者であることには変わりがない。

「アーマドゥーン、支度は良いな？」

椅子から動くことなく、視線を動かすことなく、老人は語りかける。テーブルから一振《ひとふ》り伸びた触手だけがゆらゆらと揺《ゆ》れていた。

問いかけたジルドレイドは物言わぬ触手の反応を気配で捉える。

「では……」

カップを置き、立ち上がる。湯気がまだ立ちのぼるカップが置かれたテーブルに椅子、そして日よけの傘、それらはジルドレイドが立ち上がるや変化する。テーブルと椅子は地面に沈《しず》み、傘はたたまれてやはり地面に沈んでいく。

後には以前にレイフォンやニーナが見たときと同じ、なにもない都市となる。

立ち上がったジルドレイドは片手を胸の辺《あた》りまであげ、人差し指を立てた。

「いくか」

緩《ゆる》やかに、指揮者が演奏の開始を告げるが如《ごと》く、振《ふ》り下ろす。

その瞬間、だ。

エアフィルターに雷光《らいこう》が走った。

漏電《ろうでん》したかのような耳障《みみざわ》りな音と激しく明滅《めいめつ》する光、それらが自律型移動都市の上空で大規模に発生した。

ジルドレイドの体が眩《まばゆ》く照らし出される。

光が去った後には、元に戻っただけのはずなのに暗く感じる無人の都市が広がっている。

いや、無人ではない。

ジルドレイドからやや離れた場所に、誰《だれ》かがいた。

「見逃すとでも思ったか？」

うずくまるようにそこにいる誰かに、ジルドレイドは冷たく声をかけた。

「貴様らがどのような存在かはすでに理解している。どのように対処するか、それをただ武力だけに頼《たよ》ったやり方のみで猛進《もうしん》しているとでも思ったか？」

言いながら、老人は剣帯《けんたい》から錬金鋼《ダイト》を抜く。二振りの鉄鞭《てつべん》が両の手に収まる。

「この戦場都市のエアフィルターは、貴様らが苦手とする特殊《とくしゅ》な波形を発生させる。外にいる貴様の分子たちが近寄ることは決してできん」

「……前回の戦闘そのものが、わたしの警戒《けいかい》レベルを下げさせるための欺瞞行為《ぎまんこうい》だったということですね」

「そういうことだ」

答え、立ち上がったその誰かの名を呼んだ。

「レヴァンティン」

「…………」

そこに立っているのは、レイフォンたちの見た《レヴB》だった。違うところなどない。

その容姿も、着ているものも、なにからなにまで《レヴB》と同じだ。

だが、ここにいるのは《レヴB》ではない。

レヴァンティンだ。《レヴB》の本体であり、つい先ほどまで学園都市ツェルニにいた、ヴァティの本当の姿だ。

武芸者の戦闘衣に似たスーツを着たその女性は、ひどく冷たい雰囲気《ふんいき》を纏《まと》って立ち上がる。

開かれた唇《くちびる》からは抑揚《よくよう》の少ない言葉が紡《つむ》がれる。

「ジルドレイド・アントーク。邪魔《じゃま》をしないでいただけないでしょうか？」

「その願いを儂《わし》が聞くと思うか？」

「だめですか？」

「だめだな。貴様はここで死ぬ」

「そうですか」

レヴァンティンに動きはない。

しかし、ジルドレイドは復元させた双鉄鞭《そうてつべん》を身構えた。

「それでは、無理矢理にでも」

「突《つ》き破《やぶ》ってみせよう。貴様が行おうとする運命を」

レヴァンティンも、そしてジルドレイドも、お互《たが》いに淡々《たんたん》と言葉を放つ。

だが、刹那《せつな》の後に生み出された勢いは、苛烈《かれつ》の一語に尽《つ》きる。

激突《げきとつ》の炎《ほのお》が、戦場都市に舞《ま》った。

†

今日も無事に日が過ぎようとしている。

だが、安堵《あんど》したくとも、ニーナはできなかった。

レイフォンとフェリがいない。尽きない不安に継《つ》ぎ足《た》されたその事実に、ニーナは胸が締《し》め付けられる。

ヴァティがなにかしたというわけではない。二人がランドローラーで都市から出たのは、ハーレイの言葉ではっきりとしている。

しかし、ハーレイもまた二人の目的がなにかを知らない。なにをしに都市外へと出たのか、クラリーベルと二人で頭を捻《ひね》ってみても答えは出てこなかった。

「あいつら……」

怒《おこ》りたい。だが、レイフォンたちの行動が誰の責任によるものか。それを考えればなにも言えなくなる。

「くそっ」

事情を話せない自分が悔《くや》しい。彼らに心配をかける前にどうにかできる力が自分にあれば……そう考えてみても、そんなものニーナにはない。

選択《せんたく》を間違《まちが》えてしまったのではないか？　そんな風に考えてしまう。ヴァティによって脅《おど》されていたとはいえ、他になにかやり方が、情報を伝える方法があったのではないかと考えてしまう。

だがもう遅《おそ》い。レイフォンとフェリは、なにかを求めて都市外へと出てしまった。

『考えようによっては、ツェルニの外というのは安全圏《けん》かもしれませんね』

クラリーベルはそんなことを言ったが、素直にそれで納得はできなかった。

不安は募《つの》っていくばかりだ。

いままでは、その不安をはね除《の》けるために強くなろうとした。それは成功していたと思う。クラリーベルとともに訓練することで、自分だけでは決して辿《たど》り着《つ》けなかった境地へといけた気がする。廃《はい》貴族が憑《つ》いたことで剄力《けいりょく》は強くなったが、それによってよりしっかりとした制御《せいぎょ》力が必要になっていた。クラリーベルとの訓練は、その部分でとてもありがたかった。

結果として、二人がかりとはいえレイフォンに試合で勝つこともできた。

自分は強くなっている。その確信はある。

だが、それでもまだ、ヴァティに対する警戒心、恐怖心《きょうふしん》は消えない。いまなら戦える、勝てるという気持ちにはならない。

そこから生まれた新たな不安が、ニーナを苛《さいな》む。

いままでの努力は無駄《むだ》ではないのか？そういう不安がニーナの影《かげ》を踏《ふ》み、摑もうとしているのを感じるのだ。

そんなことはないと、心の中で自らを叱咤《しった》し続け、クラリーベルとの訓練を続ける日々を繰《く》り返《かえ》すしかない。

戦いの日は、近づいているのか、近づいているはずだが、それがいつとはわからない。

わからないから、それが来たときには驚《おどろ》くしかない。

いろんな不安が重なり合った苛立《いらだ》ちを吐《は》き捨《す》てていると、それを感じた。

「……え？」

なにかが空気を動かした。

すぐそばで、見えないなにかが空気に混ざり込み、ニーナの背を撫《な》でていったような気がした。

気のせいと、あるいは済ませることができたかもしれない。

だが、ニーナは済ませなかった。

なにかが起きた。希薄《きはく》な根拠《こんきょ》の上に乗っていたが、ニーナの行動は早かった。部屋着だったのを、即座《そくざ》に制服に着替《きが》えると部屋を飛び出した。

「ニーナ！」

廊下《ろうか》でクラリーベルと顔を合わせる。もう夜だというのに、彼女も制服姿だった。

「なにかが変です」

「やはり、そう思うか」

顔を寄せ、声を潜《ひそ》め合う。緊迫《きんぱく》した声を確認し合うと、二人はごく自然にある一点を見つめていた。

ヴァティの部屋がある方角だ。

目で頷《うなず》き合い、二人は素早く部屋へ向かう。

ドアの前で耳を澄《す》まし、中の様子を窺《うかが》う。

「どうだ？」

「物音がしません」

どうします？　という目でクラリーベルが見てくる。ニーナは躊躇《ためら》わなかった。自分だけでなく、クラリーベルまでもなにかを感じた。

なら、これは気のせいではない。

ニーナは無言でドアのノブ周辺を破壊《はかい》すると部屋の中に押し入った。クラリーベルも声をあげることなく後に続く。

「いませんね」

「やはり、なにかが起きている？」

「どうします？」

「探さなければ……」

「でも、動いたのだとしたらここにはいない可能性が」

「くっ……」

ニーナたちには移動手段がない。いざそのときになれば、この場で体を張ってヴァティを止める気だったのに、その機を逃《のが》してしまった。

逃せばなにもできなくなる、その不甲斐《ふがい》なさと惨《みじ》めさがニーナを焼いた。

「仕方のない子たちね」

「……え？」

「なんです？」

二人は顔を見合わせた。知らない声が聞こえた気がしたのだ。

揃《そろ》って尋《たず》ねようと口を開いたそのとき、視界が暗く暗転した。

「これは……」

「移動？　この間と同じ？」

ジルドレイドに引っ張られたときと同じ感触《かんしょく》が二人を包む。足から感覚がなくなり、水流のようなものでどこかに流されていく感触が全身を包んだ。

「あれのところに、連れて行ってくれるのか？」

誰が？

「おっと、あなたはこっち」

またもその声が聞こえてくる。

「え？　ちょっと、あれ……」

「クララっ！」

クラリーベルの驚く声があっという間に遠退《とおの》いていく。ニーナの彼女を呼ぶ声はどこにも反響《はんきょう》することなく消えていくしかない。

「悪いけど、あなたの運命にこれ以上手を貸す気はないの。後はそっちの作り手がどうにかするでしょ」

ひどく投《な》げ槍《やり》に聞こえるその声も消えていく。

置いていかれた。ニーナはそう感じた。

「なっ！」

それ以上の声が出てこない。激流はニーナを捕《と》らえて離《はな》さない。息が詰《つ》まるということはない。だが、自分がどうなったのか、これからどうなるのか、それがわからない恐怖《きょうふ》がニーナの足を掴《つか》んでいる。

手を伸《の》ばす。どこに伸ばせばいいのかわからないが、とにかく伸ばす。

その手を掴んでくれる者がいた。

「うっ」

暗かった世界にいきなり光が現われる。ニーナは眩《まぶ》しさで目が眩《くら》んだ。

光っているのは、手を掴んでいる何者かだ。

「……シュナイバル？」

光に目が慣れてきた。

ニーナの手を掴んでいるのは手ではなかった。それは鳥の足に似たなにかで、そしてニーナの手を掴んでいるのはシュナイバルだった。

「どうして……？」

「……ジルドレイドが足止めをしています」

「え!?」

「呼ぶのが遅くなりました。早く」

なにかを言う暇《ひま》はなかった。流れがさらに激しくなり、ニーナは目を閉じてこらえるしかなかった。

解放されたときには、シュナイバルよりも眩しい光が全身を包む。

太陽？　いいや、夜のはずだ。

今度、ニーナを包む光は火花だった。

あるいは花火か。

どちらであれ、それは見上げて心躍《おど》る光景ではなかった。

ニーナは息を呑《の》む。あるいは声を上げたかもしれないが、それは、この場を支配する不快な金切り音によってかき消された。

空から巨大《きょだい》なものが降ってこようとしている。それを、無数の触手《しょくしゅ》がさせまいと防いでいるのだ。

両者のぶつかり合いが不協和音となって辺りに響《ひび》き渡《わた》っている。

ここは、以前に来たことのある大祖父の都市だ。

そう気付いて姿を探せば、すぐに見つかった。

「大祖父《おおおじい》さま!!」

なにかと戦っている。ジルドレイドはニーナの声に気付かなかったのか、あえて無視したのか、そこから微動《びどう》だにしなかった。

大祖父の背がニーナの視界にある。

『ナノマシンの接近を許さない方法を見つけたのは見事です。たとえそれが一時的なものであったとしても』

こんなに不快な音が騒々《そうぞう》しく満ちている中で、どうして彼女の声が聞こえるのか。

ジルドレイドの向こうにいるのは、ヴァティだ。

いや、レヴァンティンだ。ニーナの知るヴァティではない。背もわずかに違《ちが》う。服もそうだ。顔もニーナが知っているものより女性的になっている。

ヴァティという偽名《ぎめい》を捨て、レヴァンティンとなっている。

『短期で決着を付けるという判断も見事です。我々ナノセルロイドの戦いは長期的なものになりやすい傾向《けいこう》にありますから』

だから、どうしてレヴァンティンの声だけ聞こえるのか。

ジルドレイドは身動きしないのか。

「大祖父さま！」

叫《さけ》ぶ。

しかし、ニーナの声は不協和音に呑まれてしまう。自分の耳にさえも届かない。ただ、そう言ったはずだという感触だけが虚《むな》しく残っている。

ジルドレイドの側《そば》に駆《か》け寄《よ》るべきだ。加勢するべきだ。体はそう命じている。ニーナは錬金鋼《ダイト》を復元した。廃貴族が、メルニスクが呼応して吠《ほ》える。聴覚《ちょうかく》が麻痺《まひ》したのか不協和音さえも聞こえなくなった。

無音の中でニーナは雄叫《おたけ》びをあげる。

『あなたの体が万全であれば、作戦は成功していたかもしれません』

ジルドレイドの背に向かって走る。

だが、それを遮《さえぎ》るものがあった。

「なっ！」

レヴァンティンではない。

触手だ。地面の一部が分かれて現われた触手がニーナの前で幾重《いくえ》にも交差し、行く手を遮った。

「なんだ？　なんのつもりだ!?」

ニーナは混乱した。この触手は、この都市は大祖父の味方のはずだ。それなのに、どうして大祖父を味方しようとするニーナの邪魔《じゃま》をするのか。

「退《ど》いてくれ！　ここで決着を、レヴァンティンを止めるんだ！」

大祖父とともに。

だが、触手はそこから退《ど》かない。それどころか、是《ぜ》が非《ひ》でも行かせまいと強固にニーナを囲んでいく。

『あなたはご自身の体のことを計算に入れていなかった。人間の肉体には限界が存在します』

どうして、レヴァンティンの声だけが届くのか。その秘密がわかった。

触手が伝声管の役割を果たし、彼女の声をニーナに届けているのだ。

「……どういうつもりだ？」

ニーナは怒《いか》りを込めて触手を睨《にら》み付けた。

淡々《たんたん》としたレヴァンティンの声には、不吉《ふきつ》な内容が込められている。すぐにでも大祖父のもとに駆けつけなければならない。

だが、それを邪魔するのは大祖父の味方のはずの、この都市なのだ。以前に意思の疎通《そつう》ができたと思っていただけに、この反応が許せない。

しかしこの状況《じょうきょう》で、ニーナの怒りは事態の進展になんの影響《えいきょう》も与《あた》えない。

『あなたは長く生きすぎた。それが、敗因です』

レヴァンティンの呟《つぶや》きは二人の間にあった状況の硬直《こうちょく》を終わらせるものだった。

ニーナの場所から、二人の場所は遠い。

それでもわかる。

ジルドレイドの膝《ひざ》が折れた。地面につき、両手の鉄鞭《てつべん》が地面に落ちる。

倒《たお》れた。

「大祖父さま!!」

『私は、行きます』

不協和音が消える。空を突《つ》き破《やぶ》ろうとしていたなにかが、形を崩《くず》して消えた。火花が消え、空が夜を取《と》り戻《もど》していく。

「レヴァンティン!」

ニーナは叫んだ。自分の声が耳に届いた。

駆けた。

ニーナの勢いの前に触手の囲いは簡単に吹《ふ》き飛《と》ぶ。

倒れたジルドレイドには見向きもせず、レヴァンティンは背を向ける。

「待てぇぇぇぇぇっ!!」

叫んでも、彼女は止まらない。

ニーナが辿《たど》り着《つ》くよりも早く、彼女の姿までもが消えた。

後には、ただ、静けさだけが残される。

倒れた大祖父と、静かすぎる都市と、行き場を失って怒りを抱《かか》えたニーナだけが残されることになる。

「大祖父さま！」

だが、怒りに震《ふる》えているばかりではいられない。ニーナは倒れたジルドレイドに駆け寄った。

「……シュナイバルめ、余計なことを。いや、違うか」

抱《だ》き起《お》こしたジルドレイドは、薄《うす》く目を開けるとそう呟いた。唇《くちびる》の端《はし》からは血が零《こぼ》れている。顔色は青ざめ、そこからさらに色を失おうとしていた。

「あいつは、正しく己《おのれ》に課した役目を果たそうとしているだけか」

「大祖父さま！　すぐに助けを呼びますから」

「いい。もはや助からん」

「そんな！」

「儂《わし》が何歳か知っているのか？　レヴァンティンの言う通りだ。機械ならぬ身にはどれだけ手段を講じようとも逃《のが》れられぬ生命の限界が存在する。それの前に儂は敗れただけだ」

「嫌《いや》です。そんなのは嫌です」

「わがままを言う」

ジルドレイドが、細く息を吐《は》いて笑った。

「ぬいぐるみをやった子供の頃《ころ》から少しも成長してないとでも言う気か？」

「変わりません。変わりませんよ！　いなくなっては嫌です」

「だが、それは無理だ。儂は死ぬ。だがこれは、敗北したからではない。寿命《じゅみょう》ゆえにだ」

大祖父の手がニーナの頰《ほお》に触《ふ》れた。

はっとした。その手は濡《ぬ》れている。

血だ。

「いいか。儂だから敗北したのだ。お前ならば……」

「大祖父さま……」

「今度はぬいぐるみではないぞ」

そう言ったジルドレイドの体が、薄く光る。

「ジシャーレ、テントリウム、ファライソダム」

三つの名を呼んだ。以前にも聞いた名だ。

メルニスクはそれを、ニーナの中にいるもう一人の電子精霊《せいれい》と同じだと言った。かつてニーナが救い、そしてニーナの命を救った名も無き電子精霊と同じだと。

その三つが姿を見せる。光を纏《まと》ってジルドレイドとニーナの前に降り立つ。

一つは、生意気そうな少年の姿をしていた。

一つは、ニーナと同い年ぐらいの勝ち気そうな青年だった。

一つは、落ち着いた雰囲気《ふんいき》のある妙齢《みょうれい》の美女だった。

そして……

「アーマドゥーン」

その名を呼ぶ。

地面が震えた。かと思うと一部が分かれて触手となり、さらにそれらが寄り集まり巨大な植物を形成した。

触手が寄り集まってできた茎《くき》の先に蕾《つぼみ》が生まれる。それはすぐに大きく膨《ふく》らみ、真っ赤な花《はな》を咲《さ》かせた。

その花の中心に少女がいる。

花弁の衣を纏った少女は、化粧《けしょう》を施《ほどこ》した瞳《ひとみ》から涙《なみだ》をこぼしていた。

泣いているのは、アーマドゥーンだけではない。

生意気そうな少年、おそらくジシャーレは拳《こぶし》を握《にぎ》りしめ。

勝ち気そうな青年、テントリウムは歯を軋《きし》ませている。

妙齢の美女、ファライソダムは口元を押さえていた。

それぞれが、怒りをこらえ、あるいは泣いていた。

「……いまこのときから、こやつらはお前のものだ」

「大祖父さま、なにを!?」

「こやつらは一人にして一人に非《あら》ず。仙鶯《せんおう》都市で生まれた電子精霊の中で、都市になることを止《や》めた者たちが結集した姿だ。己の器量次第でいくらでも力を作り出すことができる。お前次第で、だ」

「大祖父さま、違います。そういうことではないんです」

「儂ではもはや、こやつらの力を使いこなせん。だが、お前ならば、お前の魂《たましい》ならば……束ねられた覚悟《かくご》と力を受け止めることが……」

「そういうことではないんです！」

ニーナは叫んだ。彼女が言いたいのはそういうことではない。

彼らを受《う》け継《つ》ぐこと、それはすなわち。

「大祖父さまの命が……」

彼らこそ、大祖父の寿命を延ばしてきた者たちではないのか。人工冬眠《とうみん》という方法を用いていたが、さらには彼らの力があったからこそ、命をここまで延ばすことができたのではないのか？

「命を延ばすことに意味があるのではない。命を延ばしてなにを為《な》したかったかにこそ意味があった」

ジルドレイドは動じない。

「儂では為せぬ。ならば、これらの力を儂が独占《どくせん》して良い理由はない。束ねられた意思と生命が、そんなことに使われてはならん」

老人の目がニーナに突き刺《さ》さる。頬を撫《な》でていた手が彼女の肩《かた》を摑《つか》んだ。

「お前がやるんだ」

「大祖父さま、わたしは……」

「弱いと感じるならば強くなれ、心の強さに時間は必要ない。ただ覚悟のみがそれを為す」

「わたしは、大祖父さまに死んで欲しくない」

「それは無理だな」

即答《そくとう》だった。

「死ぬものは死ぬ。歪《ゆが》み引き延ばしてきた生がいまここで終わるというだけだ。儂と同じ頃に生まれ、そして儂よりも先に死んでいった者たちのところに遅参《ちさん》するだけのことだ」

肩を握った手から力が抜《ぬ》ける。

「こやつらを頼《たの》むぞ」

大祖父は笑みを浮《う》かべ、ニーナを見る。電子精霊たちを見る。

アーマドゥーンを見る。

そして、己の手を見る。

拳を握る。

「無念だ」

そう、呟いた。

「末どもに重荷を背負わせることなく、この手で……………」

そう、呟いた。

「……………………………っ!!」

腕《うで》の中で消えていくなにかに、ニーナの叫《さけ》びは声にもならず天に放たれた。

†

『あなたは、ちゃんと救われた方がいい』

去り際に残したカリアンの言葉が、まるで呪《のろ》いのようにリーリンの胸にこびり付いて離《はな》れない。

救われる？　なにから救われろというのだろうか。

救う側の人間だというのに。

いまのこの状況から。必ずやってくる世界の危機から。

「……そうよ」

リーリンは呟く。

カリアンは勘違《かんちが》いをしているに違《ちが》いない。あるいは、彼らしくない考え違《かんが》いだ。リーリンがいま必要としているものは救いではない。

いや……

カリアンがなにに対してそう言ったのかがわからないほど、リーリンは鈍感《どんかん》ではない。

だが、反論できなかったのも確かだ。彼がこちらになにも言わせないようにしていたのだとしても、反論することも些末《さまつ》なことと聞き流すこともできなかった。リーリンの心がそれをできなかった。

それならば、断ち切ってみせればいい。

そう思ったからこそ彼に与《あた》えるように女王に進言した。

天剣《てんけん》を。

ヴォルフシュテインの名を。

「いいのかい？」

そう問いかけてきたのは、ルシャだ。彼女に式典前に天剣をハイア用に調整してもらうように頼んだ。

リーリン自ら、彼女の工房《こうぼう》に赴《おもむ》いて頼んだ。彼女は、リーリンの育った孤児院《こじいん》の先輩《せんぱい》であり、姉として頼《たよ》れる人であり、そして独り立ちしてダイトメカニックとなり、いまはルイメイの天剣を専属的に整備している。

そして、ルイメイとの間に子を儲《もう》けている。

赤子の感触《かんしょく》を楽しんでいるところで、ルシャにそう言われた。

「天剣をどうするかなんて、そんな決定、わたしにはできないよ？」

「そうかい？」

彼女の瞳はじっとリーリンを見つめていた。姉の視線に体が硬《かた》くなったリーリンだが、腕の中でもぞもぞと動く感触に、自然と表情が崩《くず》れた。

「天剣を誰《だれ》に与えるか、そういう権利はあんたにはないだろうさ。だけどね、二本ある内のどっちを与えるか、そういうのは口を挟《はさ》めるんじゃないのかい？」

「そんなことしないよ」

言っても、彼女はじっとリーリンを見ている。その視線を受け止めきれなくて赤子に目を下ろした。

「実際、天剣なんてどれを誰が持ったってたいして違いなんてないのさ。こいつを……」

そう言うと、ルシャは自分の前に置かれた基礎《きそ》状態の天剣、ヴォルフシュテインが収められた箱を指でなぞる。

「ルイのガーラントと黙《だま》って取《と》っ替《か》えても、たぶん誰も気付かないんじゃないかな」

「まさか……」

「いや、冗談《じょうだん》じゃなく、本気でそう思っているよ」

「……そうなの？」

聞き返すリーリンに、ルシャは大きく頷《うなず》いた。

「考えてみな、天剣は代々受け継がれてきた錬金鋼《ダイト》だ。その素材を交換《こうかん》することなく、設定だけをこうやって弄《いじ》くって相応《ふさわ》しい武芸者に持たせてきた。普通《ふつう》の錬金鋼には青石や紅玉やといろいろ種類があるっていうのにさ」

「うん」

「誰が持っても設定を弄るだけで満足のいく武器になる。これはそういう、都合の良すぎる道具っていうことさ。デルボネ様の前には念威繰者《ねんいそうしゃ》が天剣授受者になったことはないっていうのに、天剣は念威にも対応したし、いまのエルスマウっていうのも問題なく使えてる。つまり、こいつに個々の差はない。あるのはただ都合の良い道具っていう事実と、十二個分の名前だけさ」

「名前」

「で、あんたはそれでも、こいつを人にやっても良いって思ってんの？」

「もちろん」

リーリンは即答した。即答しなければルシャはさらになにかを言ったかもしれない。それは、できれば聞きたくなかった。

「……まっ、あたしもあいつには偉《えら》そうなことを言ってるからさ。あんまりあんたを追いつめるようなことは言いたくないけどさ」

あいつというのは、レイフォンのことだろう、もちろん。彼にルシャがなにを言ったのか聞きたかったが、食いつけばまたいらないことを考えられるかもしれない。リーリンは黙っているしかなかった。

「大人になってわかったことはさ、リーリン」

「なに？」

「大人だって間違《まちが》えるってことさ」

「…………」

「誰もが誰も、自分の蓄積《ちくせき》した知識と経験という偏《かたよ》ったもので世界を見てるし、そうやって見るしかできないんだよ。そこで得られるのは自分のためだけの解で、それを他人に当てはめようとしたところでぴったりのものなんて滅多《めった》に出てきやしない」

「じゃあ、助言なんてできないということ？」

「ま、他人と完全に違う知識と経験なんてそうは得られないから、結局はほとんど共通しちゃうわけだけど」

「それなら……」

「完全に違うこともないけれど、完全に同じにもなれない。まっ、つまり、あんたがそうと決めたことに強く反対はできないけど、本当に後悔《こうかい》はしてないんだね？　って言いたいだけだよ」

「してないよ」

「……それじゃあもうなにも言わないよ。午後にはハイア・ヴォルフシュテイン・ライアが来るけど、あんた同席する？」

「それはいい」

言いつかったのは天剣をルシャに運ぶことだけだ。

ルシャにまで同じような心配をされる。

リーリンとレイフォンを知る人たちに、そして二人の現在を知る人たちに。皆揃《みんなそろ》って同じようなことを考え、そして機会があればリーリンに同じことを言おうとしている。

本心を晒《さら》してもかまわないのだと。

だが……

言ってしまいたい。

それは誤解なのだと。

リーリン自身さえも騙《だま》すほどに、騙していたほどに、気持ちは欺瞞《ぎまん》に包まれていた。

気付いたのは夏期帯の夜のことだ。テリオスが襲撃《しゅうげき》した夜の、後のことだ。

病院へと運ばれていく彼を見送った後のことだ。

違う。そう思ったのだ。

同じようで、それは違った。

普通の関係なら、こんな誤解は生まれなかったのかもしれない。だが、リーリンとレイフォンは違った。普通ではなかった。

だからこそ誤解してしまった。勘違いしてしまった。

そこに、さらに特殊《とくしゅ》な状況《じょうきょう》が降り注いでしまった。ありえない真実が二人の間には存在した。

誤解が、真実にすり替わろうとしていたのはそれを知ったためなのかもしれない。

リーリンがそう思い、レイフォンもそう誤解してしまったかもしれない。そして、そんな二人を見て、いろんな人が誤解をし、そして拡散していく。

「だけど、これでいい」

リーリンはそう思っている。

誰が真実を知る必要がある？　ありはしない。必要なのはリーリンの望む状況が継続《けいぞく》されることだ。

「早く来なさい」

リーリンが願うのは、もはやただそれだけだ。

天剣授受者、ハイア・ヴォルフシュテイン・ライアが生まれた。空《あ》いていた天剣がまた一つ埋《う》まった。その事実の方が重要だ。

「あと一つ」

所有者が定まっていない天剣はあと一つだ。

天剣授受者が十二人揃《そろ》うのが早いのか、それともあちらが動き出すのが早いのか。

空の向こうにでもいるのかと思ったら、すでにこちら側にいた。それを知ったときから
リーリンの気持ちに余裕《よゆう》はなくなってきた。

ツェルニにいるという事実を知ってしまったから。

早く来い。

あのときからそう思うようになってしまった。

早く、その都市から離れろと思っている。

だから、リーリンにとってこの感触は、むしろ待ち望んでいたものだった。

「陛下《へいか》！」

自室でこの感触に気付いたリーリンは、その足で王宮に駆《か》け込んだ。

「ああ、わかっているわよ」

アルシェイラも感知していた。その横にはサヤが静かにたたずんでいる。

「……結局、十二人揃うことは一度もなしってことになるのかしら」

女王の手には所有者の定まっていない天剣が握《にぎ》られている。

「いっそ、わたしが使おうかしら？」

「それもいいかもね。今回の戦いをこなせなかったら次がないわけだし」

独り言のようなそれに応えたのは、アルシェイラでもサヤでもない第三の声だ。

「使い潰《つぶ》しちゃってもいいけどね」

「誰？」

声はする。だが姿はない。

ニア……

いつのまにか、広間に黒猫《くろねこ》の姿があった。

「リグザリオ……」

怪訝《けげん》な顔をするアルシェイラに、リーリンは呟《つぶや》いた。

「リグザリオ？　ああ……」

アルシェイラは覚えがあるようだ。喋《しゃべ》る猫《ねこ》という存在を平然と受け入れた。

「それで、なんの用？」

「一応、手伝いをしようと思ってね。候補者を連れてきてみたのよ」

「候補者？」

「そう」

黒猫が言葉だけで頷く。

すると、黒猫の背後で風景が歪《ゆが》み、なにかが吐《は》き出される。

「うきゃっ！」

なにかはそんな悲鳴を上げて、広間の床《ゆか》を転がった。

「いたたたたた……どこですかここは？」

そこにいるのはツェルニの制服を着た女の子だった。

「クララ？」

「へ？　あ、陛下……？」

二人が似たような表情でお互《たが》いを見る。アルシェイラがそう呼ぶのを聞いて、リーリンは彼女がロンスマイア家から家出をした女性、クラリーベルだと察しを付けた。

「は～……ま、いいか」

アルシェイラが深くため息を吐《つ》くと、その手にしたものを彼女に放り投げる。クラリーベルは反射で受け取ったがなにかわかっていない様子だ。

「まぁ使いこなしてみなさいな。失敗したら死ぬだけだから」

「へ？　え？」

この瞬間《しゅんかん》に、彼女は天剣《てんけん》授受者、クラリーベル・ノイエラン・ロンスマイアとなったわけだが、彼女自身、そんなことになったとはまったく理解していない顔だ。

当たり前の話だが。

しかし、そんなことはリーリンさえも気にしない。アルシェイラはそれに輪をかけて気にしない。片付けなければならないことに意識を向ける。

「さて、すぐに調整しないといけないわけだけど」

「それならもう済ませたわよ。その子が持ってるものと同じにすればいいだけでしょ」

黒猫が言葉を挟《はさ》んでくる。

「ふん。それならそれでいいけど。それじゃ、後は迎《むか》え撃《う》つだけか」

そう呟くと、アルシェイラは一人、広間から出て行く。

扉《とびら》の向こうで、彼女が「緊急招集《きんきゅうしょうしゅう》！」と怒鳴《どな》っているのが聞こえた。

「どうでも良かったんじゃないですか？」

広間に残されたリーリンは、黒猫に問いかけた。

黒猫はニアと鳴く。代わりに、額の宝石が光を反射させた。

「この間、そう言いましたよ。他人事《ひとごと》だって」

「そうね。あなたたちの生き死には他人事よ。どうなったって知ったことじゃない。復讐《ふくしゅう》とか恨《うら》みとか、そういう感情もないではないけど、それをぶつける相手は機械人形ではないし……」

「それなら……？」

「まぁ、わたしなりの解を見せてやりたくなったのかな」

「解？」

「どれだけ真似《まね》ても、同じものは二度と手に入らないし実現できない」

「…………」

「そういうのを見せるために、ここまで支度をしたようなものかしらね」

そう呟いた黒猫の横で、クラリーベルが目を白黒させている。

「そうですか」

理解することは止《や》めた。黒猫の言葉の意味を考えても仕方がない。わかっていながら聞いてしまった自分という存在を切り捨てる。

「ここまで来てしまったんだから」

もう、自分が誰《だれ》かなんて、どんなことで迷っているかなんて関係ない。

「あなたの仕組んだ運命を回しきるしかないんです」

リーリンは眼帯越《ご》しに疼《うず》く目を撫《な》でた。

その日、グレンダンに災厄《さいやく》が舞《ま》い降《お》りた。

エピローグ

話が大きすぎる。

移動をハルペーに任せてしまうと完全に手持ちぶさただ。レイフォンは錬金鋼《ダイト》の状態を確認しながら、さきほどの話を思い返してしまう。

少しだけ冷静になって考えてしまう。

グレンダンにサヤという少女がいて、その少女がこの世界を創《つく》り、それを維持《いじ》している。レイフォンの知るヴァティは、ナノセルロイドという機械であり、サヤという少女を殺してこの世界を壊《こわ》そうとしている。

「……知らない人にいきなりそんなことを言われても、絶対に信じませんよね、こんな話」

「でも、あなたは信じた」

フェリもレイフォンもヘルメットを脱《ぬ》いでいる。ハルペーが安全だと言ったからだ。

彼女の瞳《ひとみ》が、まっすぐにレイフォンを射貫《いぬ》いている。

「それはまぁ、あんなことがあった後ですし」

それにグレンダンやニーナの大祖父など、いろいろと普段《ふだん》にある汚染獣《おせんじゅう》との戦いとは違《ちが》う、異常な戦闘《せんとう》も体験している。

その奥にある理由にニーナやリーリンが関《かか》わっているのだと思っていた。二人を通して見《み》え隠《かく》れはするけれど、決して真実には届かせてもらえなかった秘密をハルペーが開陳《かいちん》してくれたのだと思えば、信じるに値する。

「わたしたちを騙《だま》す意味はありませんしね。殺害目的なら、いまならとても簡単にできますし」

「言わないでくださいよ、怖《こわ》くなりますから」

「わたしは信じてますから、怖くはありません」

「そうなんですか？」

「ええ」

「デルボネさんの記録があるからですか？」

「記録にハルペーはいませんでした。それとは関係なしに」

「へぇ」

「ただの直感ですけどね。それより、わたしはいま気になることがあるのですが」

「なんですか？」

「ハルペーに入る前です。リーリンの名前を出していましたが、なにを思い出していたんですか？」

「あーあれは……」

思い出して苦笑する。

満足感について考えていた。どこかで覚えがあると思っていたのだ。

「リーリンが関係してるんですけど、でもしてないというか」

小さい頃《ころ》の話だ。

初陣《ういじん》前だった。

姉さんたちに言われた買い物をリーリンとしていて、ちょっとした事故に巡《めぐ》り合《あ》わせた。

運搬《うんぱん》中の貨物が崩《くず》れ、通行人が巻き込まれそうになっていたのだ。

小さなレイフォンは、反射的にその人を助けた。

当時のレイフォンにしても、それはたいしたことではなかった。いや、どんな武芸者でも対応できる位置にいたと思う。

「ほんとに、たいしたことじゃないんですよ。たまたまそこにいたのが僕だったから、だからできた。僕だから助けられたとかじゃないんです」

たいしたことではない。

だが、そばにいたリーリンは違った。

「すごい興奮して、それで褒《ほ》めてくれました」

それが、とても気恥《きは》ずかしくて、そして嬉《うれ》しかったのを覚えている。

「そのときに思ったんです。こうやって人を守るのが武芸者なのかなって。……その後、初陣があって何度も戦ってるうちにすっかり忘れちゃってましたけど」

同じかというと、違う。あのときには、神経が痺《しび》れるような達成感はなかった。

「だけど、こうなればいいんだとか、こうなりたいとか、そういう自分を決めるところで似てるかなぁって……思ったんですけ、ど……？」

ふと顔を上げると、フェリが立ち上がってすぐそばにいた。

「えと、どうかしました？」

「……まぁ、仕方がないんですけどね」

「はい？」

「あなたの人格形成において一番大事な時期にいた人ですからね。仕方がありません、わかっています」

「あの……？」

「でも、やはり腹が立ちますので」

そう言うと、フェリが拳《こぶし》を握《にぎ》りしめた。

「フェリ？　え？　……ふごっ！」

振《ふ》り下ろされた拳が頬《ほお》を抉《えぐ》る。

もっと痛い目にあったこともあるのに、この一撃《いちげき》はいつもよりも深く響《ひび》いた気がした。

あとがき

十八巻です。雨木《あまぎ》シュウスケです。

本編の方はああなったりこうなったりどやったりそやったりしてますが、それは読んでのお楽しみということで。

そしていつものことながら自分でもびっくりするぐらいあとがきのネタが無の境地に達しているので別のことをします。

んだばゴー。


～おれと彼女の行方不明事件～


行方不明になりました。

誰が？

おれたちが。

ビョウビョウと風が吹いている。

「あの……」

おれは恐《おそ》る恐ると隣にいる彼女に尋《たず》ねた。

「ここはどこですか？」

「ふふふふふ」

あいもかわらず怖い含み笑いを零《こぼ》しながら、彼女は風を受け止めている。制服の上からフード付きの黒マントを羽織っているのでそれが風を受けてバタバタしている。

「ふふふふ……ぶはぁ」

風が強すぎてフードまで持っていかれた。そのまま彼女の細い体まで持っていかれそうになったので、おれは慌てて彼女の手を摑《つか》む。

仰《の》け反《ぞ》って倒れただけでは終わらない。本気でどこに持っていかれるかわからないので、手を摑むおれは冗談抜きで真剣に慌てていた。

「ぶはぁ……ありがとうございます。命が危険でした」

「いや、本気でやばいですって。沈んだらどうするんですか」

「ははは、沈みますかね、これ」

彼女はとても気軽にそう言うけれど、おれはもうひやひやが止まらない。なにがどうなっているのかわからないのだから、気が狂いそうだ。

辺りを見回す。

おれたちは、水面《みなも》に立っていた。

たぶん、水面だろうモノの上に立っていた。別におれが武芸者的ななにかに覚醒《かくせい》したとかそういうことでは絶対にないと胸を張れるのだけど、とにかく立っている。こんなに強い風が吹いているっていうのに水面には波一つ立たない。ぞっとするぐらいに透き通っていて、それなのに底はぜんぜん見えない。光の限界か視力の限界か、どっちにしろ、水面の底は濃《こ》い青に飲まれている。

そして空。

おれは見上げる。

「まじ、ここどこなんすか？」

おれは隣の彼女、エーリ・ダレンスタインに尋《たず》ねる。

「さあ？」

「いや、さあ？　じゃ困るんすけど」

悪いけれど見た目的にあまりぱっとしないこの先輩が原因であることは間違いないのだ。

おれが原因であるはずがない。

なにしろ、おれの名前はエド・ドロンなのだから。

おれは見た目も体重も学力も運動神経もすべてがぱっとしない、誰もが認めるド一般人だから。

「いや、本気でわかりませんよ?」

エーリ先輩に真顔でそんなことを言われて、さあ、おれになにができるっていうんだ? 固まるしかできないわけだし、実際におれは固まってしまった。

「ううん……ほんとにここはどこでしょうねぇ」

そう言って彼女が空を見るので、おれももう一度そちらを見た。

高層建築の屋根が建ち並び、いまにも落ちてきておれたちを潰《つぶ》すか突き刺すかしそうだ。

そう、そこには都市がある。おそらくだが、おれがいつも見ている都市の風景を見上げつつも見下ろしている。

学園都市ツェルニが逆様《さかさま》でそこにある。

吊《つる》されている。あるいはおれたちが吊されているのか? いや、立ってるし、立ってるわけだけど、よくわかんない場所だから本当におれが立っているのかどうかもよくわからないんだけど。

「ていうか、本気でなにが一体どうなってこうなってるんですか?」

ただ普通に学校から帰ってただけのはずだ。途中で買い食いしてるところでエーリ先輩に見つかって……

「……先輩、なんかどっか行くから付き合ってって言いましたよね？」

そうだ。たしかそんなことを言っていた。それでおれは「いいですよ」と答えたんだ。

あれは一体、どこだった？

「え？　そんなこと言いましたっけ？」

「うわっ」

おれは思わず仰け反った。

よそ見していまにも口笛でも吹きだしそうな顔……なんてわかりやすい知らない振りだ。

「ふふふふふ、そんなことより、ほら……」

エーリ先輩は話題を変えたいのか、ちょっと慌てた様子で下を指さした。

「………………え」

驚いた。

単なるごまかしかと思ったら違った。

真っ赤に染まっている。水に赤色の絵の具でも落としたみたいに、かっこよく言えば血が落ちたように禍々《まがまが》しく赤が広がっていき、そして薄まることなく濃くなっていく。

あるかどうか不安になる透明な水のようなものがどんどんと真っ赤に染まっていく。

「……これは、なんすか？」

色々見たし、色々なことに出くわした。出口のない学校をさまよったし、箱時空に引きずり込まれそうになった。吐血鬼の館で溺《おぼ》れそうになったこともあれば、吸血鬼に館ごと飲み込まれそうになったこともある。

エーリ先輩に巻き込まれて、いろんな危険に出くわした。その全部を逃げ切ってきた。

だからだと思うけど、これは違うと感じた。

いままでの体験となにか違う。

危険は感じている。だけど、いつも感じているのはもっとおれ自身に迫ってくる危険で、おれだけじゃなくもっとたくさんの人たちを巻き込んでる気がする。

これは違う。

たぶん、気が遠くなるぐらいのたくさんの人の危険だ。

赤は広がっていく。

足下はもう透明なところがなくなってどす黒い赤になってしまっている。

その赤が足下から上に向かって上がっていっていた。水が紙に染みるようなじわじわとした広がり方なのにその速度はけっこう速い。

あっという間に、頭上のツェルニを取り囲んでしまった。

「これはたぶん……もうすぐツェルニに起こるなにかを暗示しているのでしょうね」

「え？」

「ふふふふ……きっと、とても怖いことが起こるのですよ」

「怖いこと」

おれは喉を鳴《な》らして立ち尽くす。それしかできない。強い不安が腹の奥にずんと居座っている感じになって、おれは気持ち悪くなってきた。

「ねぇ、エドくん」

「はい？」

「もしも、これをどうにかできるすごい力をあげますって言ったら、どうします？」

「え？」

「ふふふふふ」

驚いたおれに、しかし彼女はいつもの含み笑いを零すだけだった。

すごい力。

この、ものすごい不安の正体をどうにかできるすごい力。

一瞬想像して、すごい興奮が来そうになったけれど、その次にはもう首を振っていた。

「いや、いいっす」

「そうなんですか？」

「はい」

おれには無理だ。

すごい力があっても、たぶん無理だ。

「おれはやっぱ、一般人すよ」

「ふふふふふ」

おれの答えにエーリ先輩が含み笑う。気恥ずかしくて情けなくておれは頭を掻《か》く。

「だからこそ、わたしはあなたが好きですよ」

「え？」

「ふふふふふ」

聞き逃したおれに、エーリ先輩は含み笑って全てをごまかしていく。

おれは空を見上げ、凝固した血のような赤に囲まれたツェルニを見下ろし、重くのしかかっている不安が少しだけ軽くなっているのを感じた。

おれと彼女の行方不明事件　了

追記1　なんかいつも通り夢オチ的に帰還できました。（エド）
追記2　この話は本編とは特に関係ありませんよ。（エーリ）
追記3　そういうメタな発言はどうかと思います。（エド）
追記4　ふふふふふ。（エーリ）

『予告』

……といきたいけど来月から聖戦のレギオス文庫版がどどんと出るのでそっちもよろしくお願いしまっす。なんか書き下ろします。

次の本編はものっそいことになるから書く方も大変だぜ。フハハハハハ地獄だぜ（※すでに作者はおかしくなっています）。

予告は準備ができてからやります。

それでは、読者様および関係者の方全てに変わらぬ感謝を。

雨木シュウスケ

お便りはこちらまで

〒一〇二―八一四四
東京都千代田区富士見一―十二―十四
富士見書房　富士見ファンタジア文庫編集部　気付
雨木シュウスケ（様）宛
深遊（様）宛

富士見ファンタジア文庫

鋼殻《こうかく》のレギオス18

クライング・オータム

平成23年8月25日　初版発行

著者——雨木《あまぎ》シュウスケ《しゅうすけ》

発行者——山下直久

発行所——富士見書房

〒102-8144

東京都千代田区富士見1-12-14

http://www.fujimishobo.co.jp

電話　営業　03(3238)8702

　　　編集　03(3238)8585

印刷所——旭印刷

製本所——本間製本

ISBN978-4-8291-3667-6 C0193

聖戦のレギオス 1

「紹介するわ。腐れ縁のリン

白炎都市メルニスク──高さに挑

獣の形をした電子精霊

「なら、お前が死ぬだけだ」

そして、あの少女との契約

都市を見守る月と
都市を滅ぼす悪意の終わりなき戦い
巻き込まれた男は、時空を旅し、やがて
学園都市ツェルニへと導かれる──
「鋼殻のレギオス」を巡る
新たな物語スタート!

著 雨木シュウスケ
イラスト 深遊

「念反類者カ」だから、滅ぼした

三千王おうこうやって見した。

9月17日発売予定

書き下ろしエピソードを加え

何も変しないまま

文庫化！

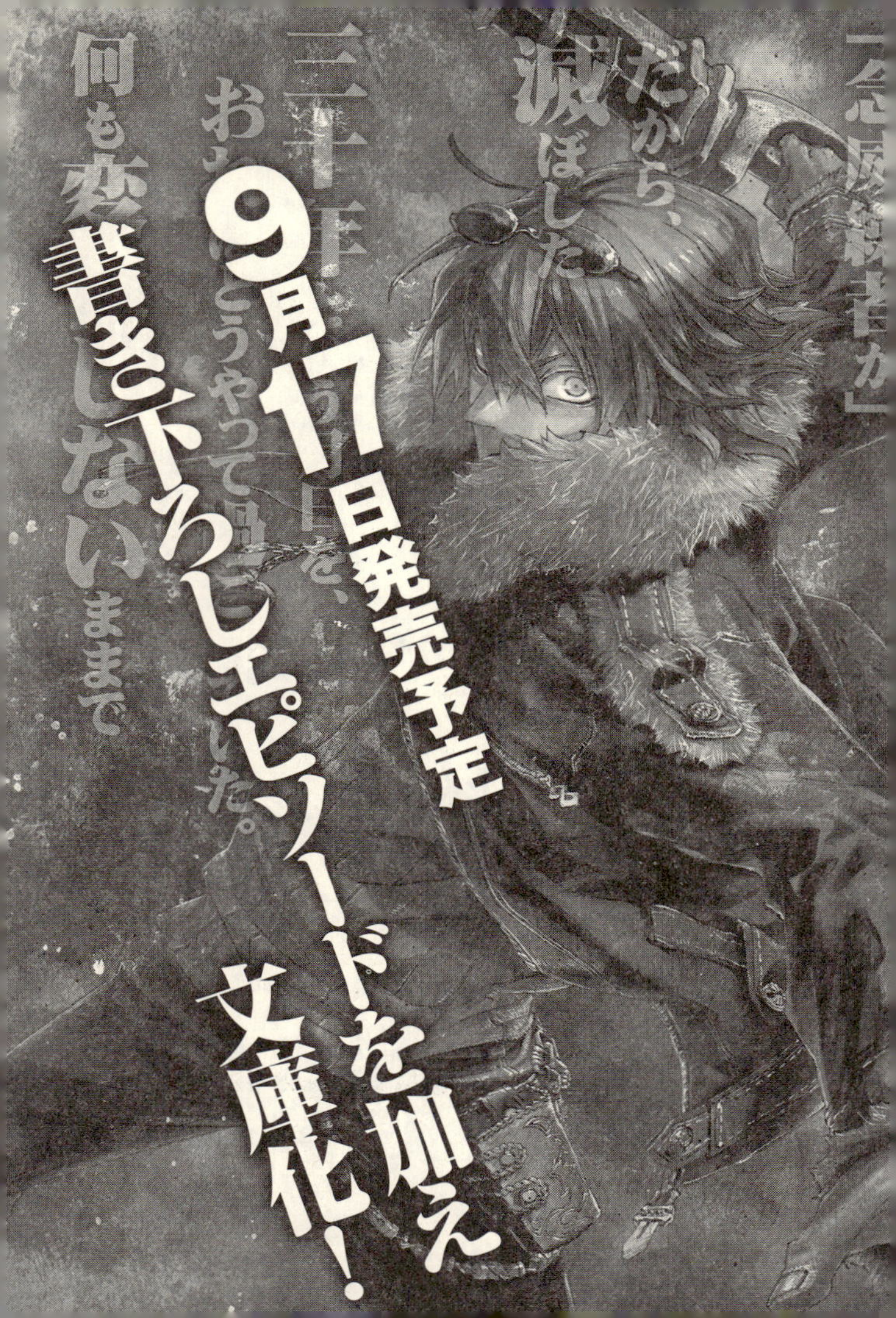